ローリング・ソング／
地球防衛軍 苦情処理係

鴻上尚史

Rolling Song / EARTH DEFENCE FORCES COMPLAINTS DEPARTMENT
written by
KOKAMI Shoji

論創社

目次

ローリング・ソング

ごあいさつ

この芝居の稽古《けいこ》中に、なんと、還暦を迎えました。還暦ってことは、あなた、60歳です。まさか、自分が60歳まで生きるなんて、10代や20代の頃は、夢にも思っていませんでした。

還暦の誕生日の前日、マネージャーに「スポーツ新聞の取材がある」と言われ、指定されたレストランに入ると、いきなり、クラッカーが飛び、キャスト全員と作詞・音楽監修の森雪之丞さんが「ハッピー・バースディー」を歌って迎えてくれました。

いわゆるサプライズ・パーティーです。ドラマではよく出てきますが、僕には生まれて初めてのことでした。誕生日前日だったので、まったく予想していませんでした。

真っ赤なジャージとTシャツとキャップと靴とちゃんちゃんこをもらいました。ちゃんちゃんこだけを拒否して、他は全部身につけて写真を撮りました。

全身、真っ赤になりながら、生まれて60年もたったとは、どうしても信じられませんでした。

脳内では、まだ32歳ぐらいの感じです。そもそも、22歳で劇団を旗揚げして、演出家席に座って38年たったわけですが、体内時間としては10年くらいです。

22歳で劇団を旗揚げし、それなりの評価を得るまでは激しくひりひりしていました。

顔がノンキでのほほんとしているので、あんまり焦った人物に見られませんが、内心は、ずっと怪物が暴れていました。

いい劇評が出た芝居を見に行き、面白ければ悔しくて興奮し、つまらなければ「なんでこんな芝居が絶賛されるんだ」と怒りで興奮しました。日本映画を見れば、面白くてもつまらなくても腹が立ちました。ただ、エンタテイメント系のハリウッド映画だけは、心穏やかに見ることができました。

それなりに名が知れて、お客さんが見に来てくれるようになっても、ずっとひりひりは続きました。観客が増えて安心するのかと思ったら、かえって逆でした。

それが30代の初めぐらいで、そのままの感覚がずっと続いています。

ささいなことに傷つくし、眠れなくなるし、焦ります。

年を重ねたら賢くなるのかと思ったら、違いました。ただ、長年の経験で焦りや不安とつきあう技術とごまかす技術は少し身につけました。でも、本当に少しだけです。

39歳の時に、イギリスの演劇学校に1年間留学しました。ロンドンに遊びに来ていた作家の井上ひさしさんから連絡が来て、食事をごちそうしてもらいました。

井上さんは「40歳前後で、一度、立ち止まることはとてもいいことなんです。僕も41歳の時、オーストラリアの大学に招かれて日本を離れました。それは、後から考えたらとてもいい経験でした。鴻上さんは、ですから、とてもいい選択をしたと思いますね」とおっしゃいました。

39歳の僕は、65歳の井上さんの言葉を、「なるほど。そんなものなのか」と思いながら聞いていました。

詩人の谷川俊太郎さんに、80代になっても小学生の気持ちが書ける理由を聞くと「年齢は年輪のようなものでしょう」と答えられました。

後戻りできない一方通行ではなく、年輪のように広がり、いつでも戻ってこられるものだと、谷川さんはおっしゃるのです。

僕は、この言葉に納得しました。僕もいろんな人物を書く時、行ったり来たりしている感覚があります。18歳の登場人物を書いている時は、本当に自分が18歳のような気がしているのです。

とても自分が60歳だと思えない理由のひとつは、僕が作家で、いろんな人物を書いていることも大きいのではないかと思うのです。

60歳に近くなった頃から、さかんに同窓会の知らせが届くようになりました。人間は死期を感じると集まりたくなるのかなあと思います。集まって、自分の歴史を確認したくなるのでしょうか。

突然、歌舞伎とか能を見始める友人も現れました。歴史を感じるものに接したくなるのでしょうか。司馬遼太郎さんの著作とか『三国志』を読み始める友人も現れました。

自分という個人と、歴史とか永遠とかを接続したいのかなと思います。晩年になって信仰に目覚めるということと同じかもしれません。

もうひとつ、自分が60歳ととても思えない理由は、いつも恋をしているからだと思っています。基本的には一方通行の片思いで、実現する見込みはないのですが、それでも恋愛ホルモンはちゃんと分泌するようで、じつにドキドキし、わくわくし、シクシクし、切ないです。

なので、恋愛に臆病な20代とかを見ると「なんともったいない！」と内心、思います。口に出すと余計なお世話なので言いませんが、可能性に溢れた時間に、可能性を自分から手放す人を見ると、心底、もったいないと思うのです。

60歳になり、あと何本、作品を創れるんだろうと数えます。本格的なミュージカルも創りたいと今回、音楽劇を創ってみて、本気で思いました。

どうも、同窓会に出ている時間はなさそうなのです。

今日はどうもありがとう。ごゆっくりお楽しみ下さい。

んじゃ。

鴻上尚史

登場人物

篠崎良雅《しのざきよしまさ》（22）（大学生　プロのロックシンガーを夢見る）
山脇雅生《やまわきまさお》（44）（食品会社社長　元ロッカー）
小笠原慎一郎《おがさわらしんいちろう》（64）（結婚詐欺師）
山脇久美子《やまわきくみこ》（65）（雅生の母親）
原口綾奈《はらぐちあやな》（18）（山脇雅生の娘であり山脇久美子の孫。篠崎の恋人）

篠崎良美《よしみ》　若狭《わかさ》社長
主婦　秘書
男1・2　大会スタッフ
女1・2　記者1
男性社員　記者2
靖子《やすこ》
藤田（中年男性）
杉村
大栗雑貨社長
山脇誠一（声）

＊実際の上演では、アンサンブルは男女2人ずつ、計4人で演じられた。演出次第では、10人から20人のアンサンブルでも上演は可能であろう。

1

暗闇の中に、ロックがジャーンと終わる音。ギターにドラム、ベースの編成。
やがて、ギターを持った篠崎良雅が浮かび上がる。

良雅　それじゃあ、最後の曲です。知ってる人は知ってると思うけど、今日のライブで、俺達『ホワイト・ハーツ』は解散します。3年間、ずっと応援してくれた人も、今日初めての人も、どうもありがとう。テツもヒロキもめでたく就職が決まりました。ネクタイで首をくくって社会人に変身する二人に拍手。ざまあみろ！　俺？　俺がどうするか？　期待して待っててね。それじゃあ、ぶちかますぜ！

次の瞬間、電話をしている山脇雅生の姿が浮かび上がる。
良雅の姿はシルエットになってストップモーション。

雅生　え!?　そんな！　この前の話だと、いけそうだって仰ってたじゃないですか！　どうしてですか？　前田さん、経営改善計画書を評価して下さったじゃないですか！　そんな、一千万じゃなくても、500万でもいいですから。長いつきあいじゃないですか！　メインバンクに断られたら、倒産しかないですよ！　お願いしますよ！　絶対に経営、建て直しますから！　支店長と話させて下さい！

次の瞬間、花束を持った小笠原慎一郎が浮かび上がる。
雅生の姿はシルエットになってストップモーション。

小笠原　そう。僕はヒヨコになりたい卵なんだ。何故かって？　だって、卵は、君（**黄身**）なしでは死んでしまうから。僕は卵だから黄身なしでは……ダメ？　ごめんね。君の笑顔が見たくてずっと考えてたんだ。えっ？　卵アレルギーなの？　ほんとにごめん。だめだ！　花屋さんで一番綺麗な花を選んだのに、君の前じゃあ、ただの雑草だ！　少しだけ回り道をしたけど、やっと逢えたね。これが僕の最後の恋だと思う。花束を雑草に変える魔法使いの君に。

良雅の光が強くなり、

良雅　見てろよ！　絶対に本物のロッカーになってやる！

雅生の光が強くなり

雅生　負けてたまるか！　絶対に倒産なんかしないぞ！

小笠原　結婚しよう！　絶対に君を幸せにするよ！

三人　絶対に！

音楽と共にタイトル。

『ローリング・ソング』

やがて、音と明かりが落ちる。

2

喫茶店。
山脇久美子が人待ち顔で待っている。
雅生が現れる。

久美子　雅生さん、こっち、こっち。
雅生　待った?
久美子　ううん。全然。
雅生　ごめんね、母さん。突然、無理言って。
久美子　いいのよ。じつは私も雅生さんにお話があったから。
雅生　なに?
久美子　あとでね。雅生さんのお話ってなに?
雅生　じつはね、
久美子　うん。
雅生　言いにくいんだけど

久美子　うん。
雅生　それがね、
久美子　うん。
雅生　なんて言うのか、
久美子　うん。
雅生　だからね、
久美子　うん。
雅生　これがね、
久美子　何よ、もう。早く言いなさいよ。
雅生　俺が親父のあとを継いで社長になって、8年たつんだ。
久美子　ご苦労さま。雅生さんの頑張りに母さん、本当に頭が下がるわ。
雅生　うん。頑張ってるんだよ。頑張ってるんだけど、じつは、会社の売り上げ、ずっと落ちてるんだ。
久美子　えっ？
雅生　親父のキャラクターが、強烈だったから回ってた所あるじゃない。親父の押しで、みんな仕入れてくれてたみたいな。
久美子　強引な人だったからねえ。
篠崎　親父が亡くなって、みんな、徐々に断って来てさ。大手から安い納豆、いっぱい、発売されてるから。新商品もなかなかうまくいかなくて。
久美子　それで？
雅生　こんなこと言うのものすごく苦しくて恥ずかしいんだけど、
久美子　なに？
雅生　母さん、お金、貸してくれないか。
久美子　お金。
雅生　お金。
久美子　いくら？
雅生　500万。いや、300万でもいい。このままだと、『山ちゃん食品』危ないんだ。
久美子　500万……。
雅生　親父から受け継いだ『山ちゃん食品』を絶対潰したくないからさ。お願いだ。母さん、お金、貸してくんないか。
久美子　お金、ないの。
雅生　えっ？
久美子　お金、ないの。
雅生　だって、貯金、あるでしょう。
久美子　あるけど、ないの。
雅生　あるけど、ない？

久美子　あるけど、これから必要になるの。だから、雅生さんに貸せるお金がないの。ごめんね。
雅生　何に使うの？
久美子　（微笑んで）聞きたい？
雅生　その突然の微笑みは何？
久美子　母さんね、再婚しようと思うの。
雅生　え⁉

音楽が始まる。
M1『恋をしたの、私。』（作詞　森雪之丞　作曲　河野丈洋）
久美子、バッグの中からマイクを取り出して歌い始める。

久美子　恋をしたの、私。
あの人に　めぐり逢えて
壊れてた　胸の振り子が
ときめき　数えだした
雅生　（セリフ）母さん、なんで歌うの⁉
久美子　（セリフ）嬉しい時は、思わず、歌を口ずさむでしょう。

久美子、歌を続ける。

久美子　恋をしたの、私。
残された　数ページの
運命に　書いてあったの
幸せ　続く日々が

突然、マイクを持った男性が歌いながら登場。

小笠原　そうだよ　これが最後の恋～

びっくりする雅生。

雅生　（セリフ）誰⁉

久美子と小笠原、デュエットを始める。
ついでに、なぜかバックダンサーも登場する。

小笠原　すべてを投げ捨て　おいで
この胸に……
いつか学んだ優しさは
あなたのために
久美子　愛しているわ
小笠原　愛しているよ
久美子　素敵な　響き
小笠原　声　響きあう
久美子　気づくの
小笠原　気づくよ
二人　ここが夢の国だったと
久美子　あなたがいれば
小笠原　あなたがいれば
久美子　零した　涙
小笠原　あの　涙さえ
二人　宝石のように
微笑みに煌《きら》めく

歌、終わる。
二人、マイクを自分のバッグにしまう。

久美子　紹介するわね。小笠原慎一郎さん。
小笠原　小笠原慎一郎です。雅生君だね。初めまして。
雅生　……（呆気に取られている）
久美子　雅生さん。
雅生　あ、息子の雅生です。
小笠原　僕の息子にもなるんだね。
雅生　えっ？
久美子　やだ、慎ちゃんたら。
雅生　慎ちゃん。
小笠原　だってそうだろ、久美ちゃん。
雅生　久美ちゃん。……あの、失礼ですが、あなたはどういう……？
小笠原　これは失礼。私、こういうものです。

小笠原、名刺を雅生に渡す。

雅生　（読む）「ドリームキッズプロジェクト代表　小笠原慎一郎」
久美子　慎ちゃん、いえ、慎一郎さんはチャリティー・ミュージカルを創ろうとしてるの。
雅生　チャリティー・ミュージカル？
久美子　そして、日本中の恵まれない子供達にプレゼントするの！
雅生　恵まれない子供達？
小笠原　例えば、全国に児童擁護施設は約６００、２歳から18歳までの子供達が３万人生活しています。僕はみんなに夢見る時間をプレゼントしたいんです。
久美子　素敵でしょう。
小笠原　ずっと音楽制作会社に勤めて、コマーシャルな音楽ばかり創ってきたんです。フリーになった今でも生活のためには、やめられません。ですから、なんというか、音楽に対する罪滅ぼしとして、残りの人生、本当にやりたいことをやろうと思ってるんです。
久美子　素敵でしょう。
小笠原　今、オフ・ブロードウェイで計画が進んでるミュージカルを買おうと思ってるんです。
久美子　素敵でしょう。
小笠原　久美ちゃん、いえ、久美子さんと一緒に力を合わせて頑張ってるんです。
雅生　一緒？　一緒って、まさか母さん、
久美子　雅生さん、児童擁護施設って、親がいない子供が多いと思うでしょう。でも、それは１割

雅生　ぐらいで、一番多いのは虐待から逃げてきた子供達なの。知ってた？
久美子　まさか、母さん、お金が必要ってのは、
小笠原　そう。チャリティー・ミュージカルにはお金がかかるの。
久美子　久美子さんに頼まないでなんとかしたいと思ってるんですが、なかなか、資金が集まらなくて。
小笠原　何言ってるの。私達二人の夢のためじゃない。
久美子　ありがとう、久美ちゃん。
　　　　そんな、慎ちゃん。

二人、見つめ合うと、M1のイントロが始まり、
またマイクを持って歌い出そうとする。

雅生　ちょっと待って！（音楽、止まる）母さん！　本気なの⁉
久美子　当り前じゃない。恵まれない子供達のためなのよ。
雅生　いや、母さんが助けなきゃいけない子供はここにいるから。
久美子　あなたはもう大人じゃないの。おかしい（笑う）
雅生　おかしくない！　いや、おかしい！　実の息子の危機を助けないで、知らない子供達を助けるのは、おかしい！

久美子　雅生さん。いつからそんな薄情な男になったの？
雅生　薄情とかじゃないの！『山ちゃん食品』が危ないんだよ！　銀行の追加融資も断られて、このままだと、従業員もパートさんも路頭に迷うんだよ！
小笠原　久美子さん。雅生君が困ってるんなら、僕の方はいいから。
久美子　大丈夫。息子は息子。私は私。雅生さんはしっかりしてるから。
雅生　そういうことじゃないんだ。母さん！

と、雅生の携帯が鳴る。

雅生　はい、もしもし。え？　会社に？　分かった。すぐに戻る。いや、待ってもらうしかないんだよ。……母さん。また連絡する。

雅生、去る。

小笠原　大丈夫なの？
久美子　全然、大丈夫。
小笠原　じゃあ、食事に行こうか？
久美子　慎一郎さん、これ。

と、バッグから分厚い封筒を出す。

久美子　１５０万円です。

小笠原　すみません。まさか退職金が遅れるなんて、予想もしなくて。振り込まれたら、すぐに返すから。

久美子　お役に立つといいんだけど。

小笠原　ニューヨークのデービッドにさっそく送るよ。これで、優先的交渉権を確定できる。

久美子　よかった。結局、作品は何を選ぶの？

小笠原　『James and The Giant peach』の舞台版。『Chary and the chocolate factory』を書いたRold Dahl の作品です。

久美子　まあ、素敵な発音。

小笠原　（気取って）Thank you.

二人、去る。

3

路上。
篠崎良雅が登場。
様子をうかがっている。
人の気配を感じて身を隠す。
と、リヤカーを引いて、雅生が登場。
雅生はハッピを着て、納豆の形をあしらったかぶりものを頭に付けている。
リヤカーには「元気一発納豆!」というノボリが立っている。
かぶりものからは、小さなマイクが出ていて、声が拡声器で大きくなっている。

雅生　元気、元気、元気。納豆食べれば朝から元気。一発回復、精力爆発。元気に一発、粘って一発。「元気一発納豆!」ただ今、できたてホヤホヤを直接みなさまにお届けしております。朝からモリモリ、食べればニコニコ、元気一発、勇気百倍、「元気一発納豆!」いかがですかー!　どうぞ、お気軽にお声をおかけください!

と、篠崎良雅が再び登場。
意を決して雅生に近づく。

良雅　あの……
雅生　はい、いらっしゃい！　新鮮、できたて、納豆菌元気一杯ですよ！
良雅　山脇雅生さんですか？
雅生　えっ……ええ。どうして、私の名前を？
良雅　あの、昔、ロックバンドやってました？
雅生　えっ？
良雅　やってないですよね。ごめんなさい。
雅生　どうして？
良雅　えっ？
雅生　（雅生、拡声器のスイッチを切って）どうしてそんなこと聞くんですか？
良雅　いえ、あの、私の母が昔、歌を聴いてものすごく感動したって。そのバンドのボーカルの名前が山脇雅生さんていう人なんです。ロックバンド、やってないですよね。
雅生　ええ……。
良雅　そうですよね。ロックて感じじゃないですもんね。失礼しました。
雅生　ロックって感じじゃないですか。

良雅　あ、すみません。深い意味はないです。おじゃましました。
雅生　その人を探してどうするんですか？
良雅　えっ？
雅生　いえ、同じ名前だから、ちょっと興味が湧いて。
良雅　その時のライブがずっと生きる支えだったから、会ってお礼をしたいって母親から頼まれて。ネットで検索して順番に会ってるんです。
雅生　お礼？
良雅　ええ。それなりのお礼をしたいって。
雅生　それなり、ですか。
良雅　『ルーシー・ハウス』っていうライブハウスで何度も見たそうです。
雅生　『ルーシー・ハウス』
良雅　知らないですよね。突然、失礼しました。
雅生　他に手がかりはないんですか？
良雅　あとは、バンドの名前だけです。バンド名は、
雅生　（同時に）『クール・パルメザン』
良雅　（同時に）『クール・パルメザン』
良雅　えっ⁉
雅生　……。

良雅　まさか……

雅生　この名前を口にするのは20年ぶりです。

良雅　山脇雅生なの？『クール・パルメザン』のボーカルの山脇雅生なの？

雅生　（いきなりの呼び捨てに少し戸惑いながら）ええ。私が『クール・パルメザン』のボーカルだった山脇雅生です。

良雅　（混乱して）ふざけんなよ！　全然、違うじゃねーかよ！　なめてんのかよ！　あんまりじゃねーかよ！

雅生　どうしたんですか⁉

良雅　どーしたじゃないよ！　人違いだって言え！『クール・パルメザン』の山脇雅生じゃないって言え！　言ってよ！

雅生　ちょっと、

良雅　嘘だよな！　からかってるんだよな！『クール・パルメザン』じゃないよな！

雅生　いいえ、『クール・パルメザン』でした。

良雅　あんまりだよ！「元気一発納豆」ってなんだよ！　なんで納豆売ってるんだよ！

雅生　なんでって、これが商売ですから。食べます？　元気出ますよ。

良雅　ふざけんなよ！　どーすんだよ！　どーしたらいいんだよ！　俺はどーしたらいいいんだよ！

雅生　どうしたの。ちょっと落ち着いて。

良雅　落ち着いてる場合じゃないんだよ！

雅生　どうして？

良雅　俺は、あんたの子供だ！

雅生　は？

良雅　俺は、『クール・パルメザン』のボーカル、山脇雅生の子供だ！

雅生　ごめん。事情がよく分からないんだけど。

良雅　一番事情が分からないのは俺だよ！　父親はかっこいいロッカーだって、母親はずっと言ってたんだよ！

雅生　母親？　誰なの？

良雅　篠崎良美《よしみ》だよ。

雅生　篠崎良美。

良雅　驚いたか！

雅生　篠崎良美……。

良雅　覚えてないの!?

雅生　その人は、いえ、君の母親の良美さんは『クール・パルメザン』のファンだったの？

良雅　覚えてないのかよ！

雅生　20年以上前の話だからね。

良雅　エッチした相手ぐらい覚えてるだろう！

雅生　エッチした？
良雅　だって、俺が生まれたってことは、エッチしたってことだろ！
雅生　いやあ、俺、ロッカーだったから。
良雅　だから何？
雅生　ロッカーって、そういうところ、わりとルーズだから。
良雅　ルーズ？
雅生　したとかしなかったとか、あんまり覚えてないんだよね。
良雅　それは人間的にどうよ！
雅生　よくないね。実によくない。でも、俺、ロッカーだったから。
良雅　ロッカーなら許されるのかよ！
雅生　ロッカーって、記憶力悪いから。
良雅　ロッカーはバカなのか⁉
雅生　いや、そういう時代だったんだよ。うん！　君の母親に会えば分かるんじゃないかな。会ってみたら、
良雅　もう会えないよ。
雅生　どうして？
良雅　半年前に病気で亡くなった。
雅生　そうか。それは大変だったね。

良雅　……。
雅生　お母さんの写真はあるかな？
良雅　（スマホの写真を出しながら）若い頃の写真はないけど、そんなに変わってないと思う。
雅生　（スマホを覗き込む）……。
良雅　篠崎良美だ。思い出しただろ？
雅生　……なんとなく。こんなファンがいたような……。
良雅　何万人もファンがいたのか⁉　そんで何千人もエッチしたのか？
雅生　そんな人を絶倫大魔王みたいに言わないでくれる？　何万人もファンはいないよ。まあ、百人ぐらいかな。
良雅　だったら覚えてるだろう！
雅生　したのかなあ。あの頃だから、無理してしたのかなあ。
良雅　無理⁉　無理ってなんだよ！
雅生　いや……もうちょっと詳しく事情を話してくれない？　どうして、その、君は今頃来たの？
良雅　……子供の頃から何回も父親のことを聞いたんだ。そのたびに母親は、

母親と子供の人形を持って篠崎良美、登場。
良美は母親の人形を動かし、良雅は子供の人形を動かす。

良美　ママはね、本物のファンなの。
良雅　どういうこと？
良美　パパはスターになる人なの。だから、ママは身を引いたの。パパの夢の邪魔をしたくなかったの。
良雅　それでいいの？
良美　それがファンの掟《おきて》なの。パパはみんなの憧れなの。独り占めしちゃダメなの。
良雅　じゃあ、パパは今、すごいロッカーになってるの？
良美　もちろんよ。
良雅　どの人？　テレビに出てる？
良美　どうかなあ。日本を飛び出して、ニューヨークとかロンドンにいるかもしれない。
良雅　教えてよ！
良美　教えたら、良《よし》ちゃん、会いたくなっちゃうでしょう？
良雅　だめなの？
良美　ダメよ。パパはみんなのものなの。
良雅　ロッカーだったら、スキャンダルなんか関係ないんじゃない？
良美　良ちゃん、小学1年生なのにすごいこと言うわね。スキャンダルじゃないの。ロッカーは私生活を見せちゃいけないの。ミステリアスじゃないといけないの。

良雅　じゃあ、パパの曲、聴きたい。
良美　これがパパの曲だって、教えられないから。でも、知らないうちに聞いてるかもしれないわよ。
良雅　パパはかっこよかったの？
良美　（しみじみと）ものすごくかっこよかったわよ。
良雅　僕、大きくなったらロッカーになる。
良美　えっ？
良雅　パパと同じ、うんとビッグなロックスターになる。そしたら、パパの邪魔にならないでしょう！　その時は、誰がパパか教えてね！
良美　分かったわ。良ちゃんがビッグなロッカーになったらね。
良雅　僕、絶対にビッグなロッカーになる！……って言ってたのに、今のあんたの格好はなんだ！
雅生　うん。顔は思い出した。（良美に）でも、俺、やった？　だって、覚えてないんだから。
良美　ひどい！

良美、人形を持って走り去る。

良雅　強引な回想シーンとはいえ、母親に失礼すぎるだろ！

雅生　俺、やったかなあ……

良雅　死んだ母親の日記には、父親は山脇雅生ってはっきり書いてあったんだよ！

雅生　そうかなあ……

良雅　なんでロッカーじゃないんだよ！　なんでやめたんだ！　どうすんだよ！　俺の22年間の憧れをどーしてくれるんだよ！　俺の人生の目標をどーしてくれるんだよ！

雅生　いや、

良雅　その格好はなんだよ！　なんでロッカーじゃないんだよ！　なんでやめたんだよ！

雅生　……。

と、主婦が現れる。

主婦　すみません。納豆、下さい。

雅生　あ、はい。ありがとうございます。

主婦　昨日買ったら美味しくて。あの、あれ、やってくれませんか？

雅生　ああ。はい。いきますよ。「元気元気、元気一発、モリモリ納豆」ねば～ギブアップ！

主婦　ああもう、きゅんきゅん来る！

雅生　毎週、バージョンチェンジしますから、お楽しみに。

主婦　やばい、それやばい！

良雅　……ふざけんなー！

良雅、混乱しながら去る。

雅生　いや、あのちょっと！

4

ホテルのロビー。
小笠原慎一郎と山脇久美子、そして、原口綾奈が登場。
（雅生と主婦は去る）

小笠原　綾奈ちゃんですね。やっとお会いできましたね。
綾奈　原口綾奈です。
小笠原　こんな可愛い孫ができるんだ。僕は幸せ者だなあ。
綾奈　え⁉　じゃあ、ばーば、
久美子　ばーば？
綾奈　あ、いや、グランママ。
久美子　久美ちゃん。
綾奈　久美ちゃん⁉……久美ちゃん、結婚するの⁉
久美子　（照れて）恥ずかしい。
綾奈　おめでとう！　孫としてこんなに嬉しいことはないよ！　私、ばーばが幸せになって欲し

いって、ずっと、

久美子　久美ちゃん。これから、その呼び方するたびに、お正月のお年玉、千円ずつ引くからね。

綾奈　私、久美ちゃんが幸せになって欲しいってずっと思ってたから！

久美子　ありがとう。綾ちゃんにそう言ってもらえると本当に嬉しい。なんか、泣きそうになる。いいのよね。私達、結婚していいのよね。

綾奈　当り前じゃない！　なんでそんなこと言うの？　誰かが反対（ハッと）パパはなんて言ってるの⁉

久美子　それが……

綾奈　反対してるの⁉

小笠原・久美子　うん。

綾奈　どうして⁉

小笠原　じつは、かくかくしかじか。

綾奈　素敵じゃないですか！　恵まれない子供達に見せるチャリティー・ミュージカルなんて！　でも、なんでパパは反対するの？

久美子　さらにかくかくしかじか。

綾奈　信じられない！　久美子ちゃんのお金と結婚は関係ないじゃない！

久美子　ええ。

綾奈　そうか。それでか。

久美子　なに？
綾奈　今月分、お金が振り込まれてないってママが怒ってた。連絡しても返事がないって。
久美子　そうなの。
綾奈　分かった。久美子ちゃんの結婚、認めないと許さないってパパに言う。
久美子　ありがとう。
小笠原　心から感謝します。
久美子　で、大学生活はどう？　ボーイフレンドはできた？
綾奈　まだまだだよ。
久美子　おっ。気になる人はいるんだね。
綾奈　ばーば、するどい。
久美子　はい、千円引いた！　恋をするとね、他人の恋に敏感になるのよ。どんな人？
綾奈　いや、まあ、なんて言うか……
久美子　言っちゃえ！　言っちゃえ！　ひゅーひゅー！
綾奈　久美ちゃん、別人みたい。
久美子　これが本当の私なの。ずーっと私は私じゃなかったの。慎一郎さんが本当の私に戻してくれたの。
小笠原　久美ちゃん。
久美子　慎ちゃん。

M1のイントロが始まる。

綾奈　（強引に止めて）私の話は聞かなくていいの？
久美子　なに？　さくさく言わないと、歌うわよ。
小笠原　デュエットです。
綾奈　その人、大学4年生なんだけど、プロのミュージシャンになりたいの。
久美子　それでそれで？
綾奈　音楽系のサークルでずっとバンドやってたんだけど、他のメンバーが就職するから解散したの。ライブもそれなりにやったし、インディーズでCD出したり、YouTubeに動画あげたりしたんだけど、結局うまくいかなくて。去年、お母さんが亡くなって、最近、またなんかショックなことがあったみたいで元気がなくて、
久美子　力になりたいのね？
綾奈　私に何ができるかなって、ずっと考えてるんだけど……。
久美子　慎一郎さんの仕事、言ってなかった？
綾奈　えっ？
久美子　ずっと、音楽制作会社に勤めてたのよ。ねえ。
綾奈　ほんとですか!?

小笠原　でも、僕はコマーシャル音楽専門だから。
久美子　でも、30年以上働いたんだから、レコード会社の知り合いもたくさんいるでしょう？
小笠原　まあ、それなりにね。
綾奈　相談に乗って下さい！　彼の曲を聴いて下さい！　なにかアドバイス下さい！　レコード会社の人を紹介して下さい！
久美子　綾ちゃん、欲張りすぎよ。
綾奈　とにかく、お願いします！
小笠原　まあ、僕にできることなら……。
綾奈　今、ここに呼んでいいですか？
小笠原　今⁉
久美子　善は急げね。私も会ってみたいわ。で、その人は綾ちゃんのことをどう思ってるの？
綾奈　それ、聞く？
久美子　だめなの？
綾奈　音楽しか頭になくて、ずっと妹みたいに扱われてます。
久美子　妹上等！　そこから始まるのよ。家政婦だと思われてないなら充分。
綾奈　いろいろと業界のことも教えて下さい。レーベルって、具体的にどんな仕事をするんですか？
小笠原　えっ。

久美子　綾ちゃん、まず連絡したら？
綾奈　はい。

と、突然、小笠原、携帯を取り出す。

小笠原　ハロー。オウ！　デービッド！　ワッツハプン？　ワット⁉　ノー・アイドントセイ・サッチャヤア・シング！　ナウ⁉　ライトナウ⁉　プリーズ・ホールド・アモーメント（と、久美子と綾奈を見て）ごめん。急にやっかいな電話が入った。今から自宅で書類をチェックしないといけない。本当にごめん。
綾奈　えー。
久美子　残念だけど、しょうがないわね。慎一郎さんはとっても忙しい人だから。
小笠原　すぐに連絡する。今日の話の続き、絶対にするから。綾奈ちゃんの彼によろしく言っといて。
綾奈　よろしくお願いします、彼じゃないですけど、
久美子　彼にするのよ。気合よ。
小笠原　本当にごめんね。（電話に戻り）オー、デービッド。ヤー、ヤー、アイ・ドント・ミーン、ザット！（とかなんとか言いながら去る）
綾奈　……かっこいい。

久美子　ソー・クール。
小笠原　（オフで）サウンズ・グッド！

暗転。

5

公園。

雅生が慌てて登場。

綾奈がやれやれという顔で登場。

雅生　ごめん、ごめん。待った？

綾奈　待った。

雅生　そんなに怒るなよ。ちょっと遅れたぐらいで。

綾奈　違うでしょ。もう10日、遅れてるでしょう。

雅生　ごめん。

綾奈　ママが困ってたよ。

雅生、封筒を出す。

雅生　遅れてすまなかった。

綾奈　ありがと。
雅生　なんか旨いもんでも食うか？
綾奈　そんなお金あるの？　生活費も遅れたのに。
雅生　生活費じゃないよ。養育費だ。これはお前のためのお金なんだから。
綾奈　会社、危ないの？
雅生　大丈夫だよ。全然、大丈夫。
綾奈　じゃあ、なんで遅れたの？
雅生　いや、商売ってのはいろいろとあるんだよ。資金繰りってやつでね。
綾奈　本当？
雅生　本当だよ。娘に嘘言ってどうする。
綾奈　ばーばの結婚、反対してるんでしょう？
雅生　なんで知ってるんだ？
綾奈　ばーばから聞いた。お金のために反対するっておかしくない？
雅生　お金じゃないよ。なんか、笑顔がうさん臭い奴なんだよ。
綾奈　小笠原さん？　素敵な人だったよ。
雅生　もう会ったのか。笑顔がさわやかすぎて、嘘くさくなかった？
綾奈　さわやかすぎる？
雅生　なんか、とっちゃん坊やみたいでさ。

綾奈　何、それ？
雅生　父ちゃんなのか坊やなのか分かんない奴。年齢不詳の大人のこと。
綾奈　じゃあ、パパもそうじゃない。パパもとっちゃん坊やだよ。
雅生　パパは違うよ。パパは立派な大人だよ。
綾奈　どうだろ。パパの笑顔も嘘くさいよ。
雅生　なんてこと言うんだよ。
綾奈　ばーば、悲しんでたからね。結婚、絶対に認めてね。
雅生　いや……。
綾奈　認めないと許さないからね。じゃあ、行くね。
雅生　もう行くのか？　お茶でも飲まないか？　どうだ、大学生活は？
綾奈　待ち合わせしてるの。
雅生　友達か？　まさか、ボーイフレンドができたのか⁉　絶対に紹介しろよ。パパチェックするからな。
綾奈　絶対、嫌だからね。
雅生　大切なお前を守るためのパパチェックだよ。パパの人間と納豆を見る目は確かだぞ。
綾奈　……ねえ、パパはロック好きだよね。
雅生　なんだよ、突然。
綾奈　いろんな曲、いっぱい聴いてきたよね。子供の頃、ママがうるさいってずっと文句言ってたもんね。

雅生　ママはロック嫌いだったからなあ。

綾奈、カバンからスマホとイヤホンを出しながら、

綾奈　この曲、ちょっと聴いてみてくれない？

雅生　どうしたの？

綾奈　いいから、いいから。とにかく聴いて欲しいの。

雅生、イヤホンを耳に入れる。
綾奈、曲をスタートさせる。
雅生、集中する。
時間が経過するイメージ。
真剣に聴く雅生。
心配そうな綾奈。
聴き終わって雅生がイヤホンを外す。

綾奈　どう？

雅生　どうって……誰なんだ？
綾奈　知り合いのバンド。どう、売れると思う？
雅生　いきなりの質問だな。
綾奈　パパは何十年もいろんなバンド、聴いてきたでしょう。ねえ、どう思う？
雅生　どうって、俺はただの納豆売りだからなあ。
綾奈　だから、ただの納豆売りから見たらこの曲はどう？
雅生　ただの知り合いなのに、なんでそんなに熱心なんだ？
綾奈　パパは私が将来性のないバンドマンと恋に落ちてもいいの？
雅生　え!?
綾奈　「絶対に恋をしちゃいけない3B」って知らないの？　美容師とバンドマンとバカ。
雅生　バーテンダーじゃないのか？
綾奈　どうなの？　売れると思う？
雅生　うーん、微妙かなあ。
綾奈　微妙。
雅生　まあ、売れるかどうかは曲だけじゃ分かんないよ。歌ってる本人、見ないと。

綾奈、携帯を出す。

綾奈　ちょっと会ってみて。
雅生　え⁉　今から？
綾奈　(ラインを操作しながら) そ。待ち合わせしてるから。
雅生　いや、それは早すぎないか。
綾奈　パパチェックしたいんでしょ。しっかりと見てよ。
雅生　パパがダメって言ったらやめるのか？
綾奈　あたし、結構、パパのこと信じてるよ。
雅生　(まんざらでもなく) しょうがないなあ……。
綾奈　……パパはどうしてママと離婚したの？
雅生　なんだよ、突然。
綾奈　(スマホをしまいながら) ちゃんと聞いたことなかったでしょ。
雅生　ママから聞いたんだろ？
綾奈　よく分かんないの。浮気とかじゃないんでしょう？
雅生　違うよ。
綾奈　ワーカホリックでもなかったでしょう？
雅生　父親がまだ生きてたからな。
綾奈　じゃあなに？
雅生　……まあ、相性が悪かったんじゃないか。

綾奈　性格の不一致ってやつ？
雅生　まあな。
綾奈　そうなのかー。でもなあ……。

良雅、現れる。

綾奈　あ。ちょっと待ってね。

綾奈、良雅に駆け寄る。
雅生はドキマギして顔を見れない。

綾奈　今、パパと一緒なんです。ちょっと、挨拶してくれませんか？
良雅　綾奈ちゃんのパパ。えっ、うん。でも、
綾奈　挨拶だけ。すぐだから。
良雅　うん。

綾奈、良雅を雅生の所に導く。

綾奈　パパ。篠崎良雅さん。

雅生、振り向く。

二人、お互いの顔を見た瞬間に同時に叫ぶ。

雅生　こんにち（目が合う）わーーっ！（叫び声）

良雅　（叫び声）

綾奈　なに？　どうしたの？

雅生　……あ、いや、

良雅　……あ、いや、

綾奈　まさか、知り合い？

雅生　知り合いなわけないだろ。初対面だよ。なあ。

良雅　えっ……いや、あの、

雅生　初対面だよな。

良雅　え、いや、まあ、そういうことですかね。その方がいいのかな。

綾奈　その方がいい？

雅生　初対面だよ！　そうだよなあ！

良雅　え、あ、いや、

綾奈　二人ともどうしたの？
雅生　娘が男を紹介するんだぞ。興奮しない父親はいないよ。なあ。
良雅　えっ、いや、あの、綾奈ちゃんのお父さん？　本当に綾奈ちゃんのお父さん？
綾奈　そうです。どうしたんですか？
良雅　いや、なんていうのか、言葉にできないというか、
綾奈　篠崎さん？
雅生　緊張してるんだよ！　女友達の父親に会うってのはナーバスになるもんだよ。なあ。
良雅　いや、緊張というより、ものすごく嫌な汗をかいてます。
綾奈　ものすごく嫌な汗？
雅生　落ち着こう！　とにかく落ち着こう！　二人はどこで会ったんだ？　大学か？
綾奈　ううん。ライブハウス。
雅生　ライブハウス⁉
綾奈　高校を卒業する直前に、『ルーシー・ハウス』で。
雅生　『ルーシー・ハウス』⁉
綾奈　パパが若い頃によく通ったって言ってたでしょう。
雅生　パパ、そんなこと言った？
綾奈　覚えてない？　ライブハウスに行きたいって言ったら、昔、教えてくれたじゃない。
雅生　そうか。そうだっけ。それで、えっと、名前は、

良雅　篠崎良雅です。
雅生　篠崎君が演奏してたのか。
綾奈　ううん。初めて会った時は、ライブハウスの前で、じっとライブハウスを見つめてた。
雅生　見つめてた？
綾奈　だからすっごい気になったの。ものすごい真剣な目でじっと『ルーシー・ハウス』を見つめてたの。
雅生　それで？
綾奈　私も目当てのバンドがいるわけじゃないから、つられて見ちゃった。なにがあるんだろうって。気がついたらなんとなく話し始めて。篠崎さんのお父さんがよくこのライブハウスで演奏してたんだって。
雅生　そうか。おお、そうなのか。お父さんがねえ。
良雅　ええ。私の父がよく演奏したライブハウスなんです。
雅生　そうかあ。そうですか。
綾奈　すっごいカッコいいお父さんだったんだって。でも、（良雅に）言っていいですか？
良雅　ああ。
綾奈　お母さんが名前を教えてくれなかったの。でも、有名なロッカーだって。ねえ。
良雅　いえ、母は間違ってたみたいです。
雅生・綾奈　えっ？

良雅　たぶん、父親はロッカーになんかなってないよ。ロックを捨てて、平凡な中年になってるんだと思うな。
綾奈　そうなんですか⁉
良雅　なんでもない、ただの平凡な男になってるんだよ。
雅生　……平凡な中年が悪いのかな？
良雅　えっ？
雅生　ロッカーが上で平凡が下だなんて誰が決めたのかな？　平凡を選ぶには平凡を選ぶ事情があったと思うな。
良雅　若い頃からそう思ってました？
雅生　えっ？
良雅　平凡を選ぶことは、負けることだと思ってませんでした？　絶対に特別な人間になるって思わなかったですか？
雅生　人生には事情があるんだよ。
良雅　それを言い訳って言いませんでした？
雅生　言い訳じゃない。人生の選択だよ。
良雅　それが言い訳じゃないですか？

睨み合う二人。

音楽が始まる。

M2『夢と才能』（作詞　森雪之丞　作曲　河野丈洋）

雅生　Dream……今も見てる
20代とは　違う夢を
世間に　負けたんじゃない
別の夢を　選んだだけ

良雅　Dream……言い訳でしょ？
誤魔化すたびに　バレてきます
あの時　捨てた夢を
悔み生きる　負け犬なんだと

雅生・良雅　Dream Dream Dream Dream……
なぜだろう？

雅生　あぁ　握ると切れるナイフだ！　夢は

良雅　でもソレを抱かなきゃ　人は生きていけない

二人　あぁ Dream！

綾奈　（セリフ）どうしたの、二人共。パパ？　篠崎さん？
良雅　結局あなたが選んだ　安定！
雅生　ハート♭な音程　最低！
それなら君にはあるのか？　才能
のうのうと歌うだけならOh, No!
若さは甘い
良雅　才能って〝夢を見続けるチカラ〟なんですよ
だから僕には才能がある！
雅生　Dream……どんな夢だ？
動員何人？　ＣＤ何枚？
You Tubeで……誰が観てる？
綾奈　3年やってバンドは解散したの
三人　Dream Dream Dream Dream……
せつないね……
良雅　あぁ　いつか出すよ結果を！　ちゃんと
雅生　もう諦めるんだ　君に才能はない
綾奈　ひどい！　パパ！
雅生　青春って〝夢が許される時間《とき》〟は過ぎ去った

無理だ！　もうRockは止めた方がいい！

歌、終わる。

良雅　……。（悔しくて言葉にならない）

良雅、走り去る。

綾奈　篠崎さん！　パパ、サイテー！

綾奈、良雅を追って去る。

雅生　……。

暗転。

6

久美子の家。リビング。
小笠原が久美子、綾奈、良雅に説明をしている。

小笠原　僕が若い頃は、無名の新人を発掘するのがレコード会社の社員の腕だし夢だったんです。僕なんか、そんな仕事にずいぶん憧れました。でも、今は、
綾奈　今は？
小笠原　レコード会社は、新人じゃなくて、ある程度の完成品を探してるんです。ライブだとファンが１００人前後、ツイッターとインスタグラムのフォロワーが千人以上、Ｙｏｕ　Ｔｕｂｅの動画が何万ビューと見られている。そんな条件です。
久美子　篠崎君の曲、ごきげんな感じだったわよ。きっと売れるわよ。
小笠原　僕も素敵な曲だと思いました。でも、残念ながら、いい曲が必ず売れるとは限らない。
久美子　そういうものなの？
綾奈　じゃあ、その条件に当てはまらない新人はどうしたらいいんですか？
小笠原　レコード会社の友人はお金だって言ってます。

三人　（それぞれに）お金……。
小笠原　お金があれば、露出を増やせるからね。どんなに名曲を創っても、知ってもらえないと意味がない。お金はチャンスを広げるんです。
綾奈　それはレコード会社がやることじゃないんですか？
小笠原　ＣＤがどんどん売れなくなっているの、綾奈ちゃんも知ってるでしょう。会社はますます新人にお金を使わないようになってるんです。
綾奈　そんな……お金はないですよね。
良雅　ライブハウスのノルマに苦しめられたぐらいだから。
綾奈　大会とかオーディションに応募するのはどうですか？
小笠原　もちろん、その手はある。でも、最近、大会もオーディションも減ってるから、とっても競争率が高い。僕達の頃はたくさんあったんだけどね。
久美子　夢見る若者には大変な時代なのね。
小笠原　篠崎君は、プロになりたいの？
良雅　ええ。
小笠原　本当に？
良雅　えっ？
小笠原　なんか、絶対にプロになるっていう熱意が感じられないんだけど。
良雅　いえ、あの、

小笠原　どうして綾奈ちゃんがずっと話してるの？　彼女の方が君にくらべてずっと熱心だよ。
綾奈　いや、それは、私、熱いタイプだから。
久美子　恋してるからね。
綾奈　お黙り。
小笠原　どうなんだい？
良雅　……なんか分かんなくなってます。
三人　えっ？
良雅　バンド解散して、最初はみんなプロ指向だったのにあっさりやめて。これからどうするか。ロックをやっていくのか。本当に歌いたいのか。なんか、体からエネルギーがどんどん抜けて行ってて、分かんなくなってます。
綾奈　どうして⁉
良雅　……
綾奈　篠崎さん！
良雅　すみません。わざわざ、時間を取ってもらったのに。あの、僕、失礼します。
三人　えっ。
良雅　いろいろと勉強になりました。ありがとうございました。
久美子　お料理、食べていって下さい。スコッチエッグ、作るから。美味しいわよ。
良雅　ごめんなさい。

良雅、去る。

綾奈　篠崎さん！（久美子に）ごめん。私も行く。

綾奈も去る。

久美子　……ああ、

小笠原　（微笑んで）青春。

暗転。

7

道。

良雅、飛び出す。

綾奈がすぐに追いかける。

綾奈　篠崎さん。待って下さい！　ロックやめるんですか？　私の父親のせいですか？

良雅、歩みを止める。

良雅　えっ？

綾奈　あたしの父親にひどいこと言われたからですか？　ごめんなさい。普段は、あんなに熱くなる人じゃないのに。

良雅　……お父さんから何も聞いてないの？

綾奈　何を？

良雅　あ、いや。

綾奈　ほんとにごめんなさい。私、あの後、すっごく怒って、父親に電話したんです。なんであんなこと言ったのか、全然、理解できないって。

良雅　綾奈ちゃんが謝ることないよ。

綾奈　ロック、やめちゃうんですか？　どうしてですか？　何があったんですか？

良雅　えっ？

綾奈　最近の篠崎さん、すごく変です。何があったんですか？

良雅　なんにもないよ。

綾奈　嘘です。新しいメンバー集めるわけじゃないし、新曲作るわけでもないし、篠崎さん、絶対におかしいです。

良雅　ほんとになんでもないよ。

綾奈　私に言ってもムダですか？

良雅　……。

綾奈　私は、篠崎さんの悩みに耳を傾ける資格もない、ちっぽけなゴミクズ虫けら野郎ですか。

良雅　……。

綾奈　私は、話しかける意味も価値もない、ウンコカスへっぽこハナタレ、

良雅　あ、いや……父親に会ったんだ。

綾奈　えっ⁉……それで？

良雅　とっくにロックをやめてた。ダッサい中年になってた。父親にずっと会いたくて、ロック

綾奈　を続けてきたのに。父親はロッカーの正反対だった。ものすごくダサかった。
良雅　……。
綾奈　俺はなんのためにロッカーになろうとしたのか。
良雅　ロック、嫌いなんですか？
綾奈　えっ？
良雅　篠崎さん、ロック好きじゃないんですか？
綾奈　それは……
良雅　私、篠崎さん、ロック大好きだと思ってました。
綾奈　……。
良雅　本当に父親のせいですか？
綾奈　えっ？
良雅　夢を見ることが怖くなったんじゃないですか？
綾奈　……。
良雅　そんな篠崎さん、超かっこ悪いです！

音楽、始まる。
M3『夢見る人でいて』（作詞　森雪之丞　作曲　河野丈洋）

綾奈　夢を語る時の瞳が好き
映るんです
胸に燃える炎が

Rock 歌う時の背中が好き
獲物狙う
ライオンみたいに野蛮で
なのに今日は
牙抜かれた野獣
〝現実《リアル》〟という名の
罠を踏んじゃったの？

憧れ捨てないで
夢見る人でいて
未熟な私のこと　導いて

二人　お客さんの少ないライブの日も

綾奈　汗飛ばして歌う
ヤラレちゃいました
なのに今日は、
存在感ゼロの男
イジケたキャラクター
ちっとも似合わない
良雅　そうだね！　キャラじゃない！
励まし！　ありがとう！
綾奈　あなたの笑顔見ると　救われる
憧れ捨てないで
二人　夢見る人でいて
あなたの笑顔見ると　救われる

歌、終わる。

良雅　……綾奈ちゃん。ありがとう。
綾奈　そうだ！　その父親から慰謝料と養育費をもらいましょう！
良雅　慰謝料と養育費？

綾奈　だっさい父親に会ってものすごくショック受けたんでしょう？
良雅　うん。
綾奈　だったら、慰謝料、もらわないと！　それと、養育費も。篠崎さんのお母さん、父親から全然お金をもらわなかったんでしょう？
良雅　そう言ってた。
綾奈　だったら、父親として払うべきよ！　子供として当然の権利だから！
良雅　いやしかし、
綾奈　父親はビジネスマンでした？
良雅　まあ、うん。
綾奈　じゃあ、お金あるでしょう。小笠原さんが言ってたじゃない。宣伝のためにはお金がいるって。篠崎さんが本物のロッカーになるために、その父親からお金をもらうの。
良雅　……そうか。そうしようか。
綾奈　絶対にそうすべきです！
良雅　そうだね。綾奈ちゃん。ありがとう。

綾奈、良雅を見つめる。

綾奈　篠崎さん。私、篠崎さんのことが好きです。つきあって下さい。

良雅　えっ……
綾奈　あたし、自分からこんなこと言うの生まれて初めてです。篠崎さん、好きです。
良雅　……。
綾奈　……ダメですか?
良雅　いや、ダメってことじゃなくて。
綾奈　じゃあ、なんですか?
良雅　いや、それが、あのね……

綾奈、一歩近づき、少し顎を上げて目をつぶる。

良雅　……(動けない)

綾奈、焦れて、そして走り去る。

綾奈　(やけくその叫び声)

取り残される良雅。

良雅　（悶絶する）

暗転。

8

電話をしている雅生が浮かび上がる。社長室。

雅生　お願いします。もう一カ月、もう一カ月だけ待っていただけたら。いえ、二カ月後には間違いなく。お願いします！　絶対になんとかしますから。

と、複数の人間が飛び込んでくる。
（リアルな風景ではない）

男1　社長！　いったい、いつ払ってくれるんですか！
男2　このままだと訴訟を起こしますよ！　そんなことになったら、仕事どころじゃなくなりますよ！
女1　今月払ってくれないと一括請求することになりますよ！　もう差し押さえしかないですよ！
女2　山脇さん！　このままだと大変なことになりますよ！

その声は異様に響いている。
シルエットも含めて、さらに人数は増える。
繰り返される言葉。

男1　社長！　うちも大変なんだよ！
女1　借金から一生逃げられないからな！
男2　払えよ！　腎臓売ってでも払えよ！
女2　今すぐ連帯保証人を追加しろ！
全員　社長！　社長！　社長！　社長！
雅生　（悲鳴）

暗転。
すぐに明かり。
ガバッと机から顔を上げる雅生。
男性社員が一人、入ってくる。

男性社員　社長。どうしたんですか？

雅生　いや。なんでもない。
男性社員　なんでもないって。
雅生　ちょっと、嫌な夢を見てね。
男性社員　夢。
雅生　ここんとこ、寝不足でな。
男性社員　……会社、どうなるんですか?
雅生　なんとかするよ。うん。絶対になんとかする。
男性社員　……。
雅生　あ、残業はしなくていいから。パートさんにもそう言って。
男性社員　はい。

男性社員、去る。
雅生、意を決して電話する。
久美子が登場して、電話を取る。
横には小笠原。

久美子　はい。
雅生　母さん。お願いだ。50万でいい。なんとか貸してくれないか。

久美子　雅生さん。お金は貸せないって言ったでしょう。
雅生　そんなにあの男に止められてるの？
久美子　違うわよ。慎一郎さんはそんな人じゃないわ。
雅生　50万でいいんだ、母さん。借りれる所は全部借りたんだ。マンションも抵当にいれた。でも、もう限界なんだ。利息だけでも払わないと差し押さえられる。
久美子　差し押さえ。いつなの？

と、横にいた小笠原の携帯にも電話がかかる。

小笠原　ハロー、デービッド。
雅生　今月25日。あと6日。それがなんとかなっても来月は、５００万必要なんだ。
小笠原　ワット！　イッツ・アゲインスト・ザ・コントラクト！　デービッド！

と、早口で興奮し始める。
久美子、それを見て驚き、

雅生　母さん。借りれる所はもう全部借りたんだ。あとはもう闇金しか、
久美子　50万ね。分かった。振り込むから待ってて。

小笠原　ワンハンドレッド、サウザンド・ダラーズ⁉
雅生　もしもし。
久美子　（小笠原の電話が気になって）じゃあね。

久美子、電話をさっと切る。

雅生　母さん！

雅生の姿、見えなくなる。

小笠原　オーケー、アイル、コールユー、バック。ギブー、ミー、ユア、タイム。（電話を切る）……。
久美子　どうしたの？
小笠原　いや、なんでもない。
久美子　なんでもない顔してない。何があったの？
小笠原　いや……。
久美子　慎一郎さん、私達、夫婦になるのよ。隠し事はなしにして。
小笠原　デービッドが急に値段を釣り上げてきた。

久美子　えっ？
小笠原　作品の評判がいいんで、強気になってるんだ。他に買い手が出たから、あと一千万足せって言ってきた。それで、日本の独占上演権を渡すって。
久美子　一千万……。
小笠原　もう三千万も払ってるのに。
久美子　どうするの？
小笠原　諦めるしかない。契約破棄だ。
久美子　そんな！
小笠原　どんなにかき集めても５００万足らない。どうしようもない。
久美子　……。
小笠原　『James and the Giant Peach』残念だけど、しょうがない。
久美子　あたし、５００万、あるから。
小笠原　久美ちゃん。ダメだ。君に迷惑はかけられない。
久美子　私達、夫婦になるのよ。
小笠原　だけど、
久美子　出資する。私。
小笠原　出資？
久美子　私も、プロデューサーになれるかな。慎一郎さんと一緒のプロデューサー。

小笠原　もちろん、500万、出資してくれたら、立派なプロデューサーだよ。
久美子　妻だからじゃなくて、プロデューサーとして出資したい。
小笠原　久美ちゃん。
久美子　私、死んだ夫が会社をやるのをただじっと見てたの。女は口を出すなって人だったから。
　　　　でも、私、慎一郎さんとは一緒にやりたいの。500万、出します。
小笠原　久美ちゃん。ありがとう。
久美子　どうしたらいい？　会社の口座に振り込む？
小笠原　いや、僕に直接、渡してくれないか。その方が税金対策も楽だ。
久美子　分かった。私もデービッドと話せるかな？
小笠原　えっ？
久美子　私もプロデューサーとして挨拶したいの。
小笠原　もちろんだよ。契約が成立したら、紹介するよ。
久美子　ありがとう。私、あれで話したい。なんだっけ、電話じゃなくて、スカイなんとか、スカイパ？　スカイピ？　スカイペ？　スカイポ？
小笠原　スカイプ。
久美子　それ。一度、それで海外の人と話したかったの。
小笠原　分かった。
久美子　それと、慎一郎さん、もうひとつお願いがあるの。

小笠原　何？
久美子　篠崎君を助けてあげて。綾奈があんなに一生懸命になってるのを見るの初めてなの。お金以外で、何かいいアドバイスはない？　慎一郎さんは30年以上、音楽業界にいるんだから。
小笠原　そうだなあ……
久美子　お願い。
小笠原　分かった。なんとか考える。じゃあ、僕はスポンサーを回って、残りの500万を集めてくるから。
久美子　うん。私も用意する。
小笠原　それじゃ。

小笠原、去る。
それを見つめる久美子。
暗転。

9

電話の音。
綾奈が現れる。

綾奈　はい。

良雅が現れる。

良雅　綾奈ちゃん、お願いがあるんだ。
綾奈　なんですか？
良雅　久美子さんの電話番号教えてくれないか。
綾奈　いいですけど、どうして？
良雅　小笠原さんともう一回、話したいんだ。
綾奈　はい。じゃあ、私も一緒に。
良雅　いや、僕だけで。

綾奈　えっ？
良雅　僕だけで会いたいんだ。お願い。
綾奈　……分かりました。

小笠原が現れる。
そこは公園。
（途方に暮れて去る綾奈）

小笠原　待たせたかな？
良雅　いえ。わざわざ、ありがとうございます。
小笠原　可愛い孫のボーイフレンドに協力するのは当然だよ。
良雅　ボーイフレンドじゃあ、ないんですよ。
小笠原　理解できないな。
良雅　えっ？
小笠原　綾奈ちゃんを嫌いなのかい？　素敵な女性じゃないか。
良雅　嫌いになれたらどんなに楽か。
小笠原　えっ？
良雅　いえ、いいんです。この前はすみませんでした。あらためてお聞きしますが、音楽をビジ

小笠原　ネスにするってどういう感じなんですか？
良雅　怖いかい？
小笠原　えっ？
良雅　音楽を選ぶのは怖いかい？
……死んだ母親が絶対に音楽はやるなって。だから、大学にはちゃんと行けってうるさかったんです。
小笠原　賢明な判断だね。
良雅　小笠原さんもそう思います？
小笠原　僕の判断に君は従うのかい？
良雅　……名曲っていっぱいあるじゃないですか。日本にも海外にも。聴くたびに、腹が立って哀しくなるんです。
小笠原　腹が立つ？
良雅　自分の無力さに。
小笠原　なるほど。
良雅　いい曲創ってライブハウスに出てたら、きっと芽が出るって何人に言われたか分かんないです。あっと言う間に3年過ぎたんです。いけるかもってのぼせ上がった次の瞬間に、自分はゴミだって思います。
小笠原　……若い頃は、「考えること」と「悩むこと」をごっちゃにしてたね。考えるんじゃなくて、ただ悩んでた。

良雅　違うんですか？

小笠原　1時間考えると、何かやるべきことが浮かぶんだ。うまくいくかどうかは別にしてね。でも、1時間悩んでも何も生まれない。ただ、あーでもない、こーでもないって同じ所をぐるぐるしてるだけだ。

良雅　なるほど。

小笠原　「悩む」ことと「考えること」を区別できると人生は少し楽になる。

良雅　小笠原さんはそうしてるんですか？

小笠原　ああ。悩まないで考えてる。何が自分の人生に一番大切か考えるんだ。

良雅　一番大切。

小笠原　篠崎君には想像もできないだろうけど、人生は短いんだ。あっと言う間に終わる。悩んでる時間はないんだ。篠崎君は、何が一番大切なんだい？　歌うこと？　安定すること？　綾奈ちゃんとつきあうこと？

良雅　一番大切なこと……。

小笠原　考えるんだ。

良雅　考えている間、不安に押しつぶされそうになりませんか？

小笠原　歳を重ねるとね、不安とつきあう技術は身につくんだ。

良雅　不安とつきあう？

小笠原　眠れなければ薬を飲んで、悲しければ美味しい物を食べて、気持ちがふさげば旅行に出て。不安をなくす根本の解決じゃないけどね。不安とつきあってなんとか生きていける。

良雅　そんな技術は……。

小笠原　技術がなければ体力で乗り切る。体力がなければ、

良雅　体力がなければ、

小笠原　僕が二十代の時は、こんな歌に助けられた。

音楽、始まる。

Ｍ４『あゝ青春』（作詞　松本隆　作曲　吉田拓郎）

ひとつ　ひとりじゃ淋しすぎる
ふたりじゃ　息さえもつまる部屋
みっつ　見果てぬ夢に破れ
酔いつぶれ夜風と踊る街
哀しみばかりかぞえて　今日も暮れてゆく
あゝ青春は　燃える陽炎《かげろう》か
あゝ青春は　燃える陽炎か

いつつ　生きてる後味悪さ
胸に嚙みしめれば　泣ける海
やっつ　やめるさ抱きあっても
心は遠ざかる　安い宿
眠れぬ夜をかぞえて　日々は過ぎてゆく
あゝ青春は　燃える陽炎か
あゝ青春は　燃える陽炎か
あゝ青春は　燃える陽炎か
あゝ青春は　燃える陽炎か……

歌、終わる。

良雅　僕、小笠原さんがうらやましいです。
小笠原　えっ？
良雅　人生の一番大切な目標がはっきりしてるってすごいと思います。
小笠原　……。
良雅　チャリティー・ミュージカル。……えっ？　違うんですか？
小笠原　そうそう。もちろん、チャリティー・ミュージカルが一番だよ。

良雅　ありがとうございます。自分の一番大切なこと、悩まないで考えてみます。

良雅、頭を下げて去る。

小笠原　……どんなに考えたって分からないこともあるんだよ。俺は何がしたいのか……

小笠原、迷いを振り切るように携帯を出す。

小笠原　靖子さん。ええ。打ち合わせは終わりました。ええ。じゃあ、ロビーに行きますね。

と、中年女性が一人、走って来る。

靖子　信治《しんじ》さん！
小笠原　靖子さん。
靖子　うれしい！　やっと会えた！

靖子、小笠原の腕に手を絡める。

靖子　ずっと会いたかったのよ。
小笠原　ごめんなさい。ずっとニューヨークでしたから。
靖子　それで、うまくいったの？
小笠原　いえ、『James and The Giant Peach』が買えそうなんですが、
靖子　どうしたの？
小笠原　とても手が出ない金額をふっかけられて。
靖子　いくら？　私が出せるだけ出すわ。
小笠原　靖子さん。ダメだ。君に迷惑はかけられない。
靖子　信治さん。私達、夫婦になるのよ。水臭いこと言わないの。
小笠原　だけど、
靖子　お金はあるの。親が嫌になるぐらい遺産を残してくれたから。
小笠原　靖子さん。ありがとう。
靖子　信治さん、私、お食事の前にホテルに行きたいの。
小笠原　ホテル。
靖子　やだ！　そうじゃなくて、結婚式にぴったりのガーデンチャペルがあるホテルを見つけたの。信治さんもきっと気に入ると思うわ。
小笠原　ガーデンチャペル、素敵ですね。
靖子　ええ。さあ、行きましょう。

靖子、小笠原の腕に強引に手を絡めて去る。

10

電話している綾奈。
良雅が出る。

綾奈　あ、篠崎さん。今日の『フキゲン鳥』のライブ行きますよね。前から行きたいって言ってたでしょう？
良雅　ごめん。今日はダメなんだ。
綾奈　じゃあ、来週の『渡辺ズ』のライブ、どうですか？　ワンマンだからいろいろと勉強になると思うんです。
良雅　ごめん。忙しいんだ。じゃあね。

良雅、去る。
残される綾奈、去る。
電話している雅生が現れる。
社長室。

雅生　ええ、「元気一発納豆」、すごく美味しくなってるんです！　父親の時みたいに、もう一度、扱っていただけませんか？　今すぐサンプルをお届けに伺いますから。ニコニコストアのお客様もきっと喜んでいただけると。もしもし！　村山さん！（電話は切れた）

男性社員が現れる。

男性社員　社長。
雅生　今度はどこの会社だ。ないものはないいんだ！

と、良雅が現れる。

男性社員　知り合いの方ですか？
雅生　ああ。いいんだ。

男性社員、下がる。

雅生　何の用だ？　音楽をやめる報告か？

良雅　お金をもらいに来た。
雅生　お金？
良雅　慰謝料と養育費。とりあえず、１００万円。
雅生　１００万円⁉　何言ってるんだ。
良雅　父親なんだから当然だろう。
雅生　……。
良雅　その金で、俺はあんたがやめたロックを続ける。
雅生　……綾奈に言ったのか？
良雅　なんて？　実は俺達は兄妹だって？　そんな失敗した韓流ドラマみたいなこと言えるわけないだろ。
雅生　綾奈は君のことが好きなんだよな。
良雅　……。
雅生　まさか、もうつきあってるのか？
良雅　つきあったら、完全にベタベタの韓流ドラマだ。
雅生　つきあうなよ。絶対に恋に落ちるなよ。
良雅　そういう言い方は本当によくないと思う。
雅生　なに？
良雅　正直、綾奈ちゃんにはずっと感謝してた。僕の音楽を気に入って背中を押してくれて。それだけの感情だった。
雅生　だった？
良雅　あの時以来、頭の中で、「好きになるなよ」「妹だぞ」「絶対に恋に落ちるなよ」って脳内アラートが鳴り続けてる。
雅生　それで？
良雅　あんたは、絶対に夜中にラーメンを食べるなよ、食べたら太るぞって言われたら、無性に食べたくならないか？
雅生　え？
良雅　絶対にこの非常ベルボタンを押すなよって言われたらものすごく押したくならないか。子供の頃、レンタルビデオ屋のあのカーテンの向こうに絶対に行っちゃいけないと言われたら、ものすごく行きたくならなかったか。俺は行った。そういう子供だった。
雅生　ちょっと待て。
良雅　なおかつあんたは、綾奈ちゃんにも、俺とは距離をおいた方がいいって言っただろう。
雅生　えっ。
良雅　その一言がどれだけ綾奈ちゃんのターボジェットエンジンの加速スイッチを押したか。もう来る来る、ぐいぐい来る。どんどこ来る。
雅生　そうなのか。
良雅　俺は今、ものすごくやばい状況にいる。と、自分ではっきり分かる。

雅生　ケダモノだぞ。その一線を越えたら、お前はケダモノになるぞ。
良雅　俺はケダモノになりたくない。俺はロッカーになりたい。
雅生　そうだ。それが人間としての正しい決意だ。
良雅　……なんでやめたんだ？
雅生　えっ？
良雅　ロック。
雅生　……。
良雅　父親は本当に格好良かったって、母さんは何度も何度も俺に話した。
雅生　……。
良雅　今のあんたからは想像もできないけどな。
雅生　俺は一人息子だ。父親の会社を継ぐのは俺しかいなかった。
良雅　父親のためにやめたのか？
雅生　父親より母親のためだ。いや、母親と従業員のためだ。
良雅　……100万円。慰謝料と養育費だ。
雅生　そんな金はない。
良雅　出さないなら、綾奈ちゃんに言うぞ。いや、言った方がいいんだ。言ったら、俺も悩まなくてすむ。
雅生　なんて言うんだ。

良雅　そのままだよ。昔、父親がロッカーの時にファンに手を出して子供作って、でもそんなことはよくあったから、相手のことは全然覚えてなかったたって。
雅生　それじゃあ、俺がケダモノじゃないか。
良雅　違うのか？
雅生　いや、あの頃は、ロッカーはケダモノじゃなきゃいけないっていう空気があったんだよ。
良雅　どんな空気だよ。
雅生　ホテルに泊まったら、窓からテレビ投げなきゃいけないとか、30歳になる前にクスリでボロボロにならなきゃいけないとか、
良雅　それは人間としておかしいだろう。
雅生　おかしいんだよ。おかしいんだけど、そういうもんだったんだよ。
良雅　自分の愚かさを時代のせいにするな。
雅生　なんだよ、それは。ロックの歌詞か？　ダサいぞ。
良雅　100万円だ。それで俺はライブハウスのノルマを払って、ネットの取材を受けて、宣伝のためにいろんなことができる。
雅生　そんな金はないんだ。
良雅　嘘つくなよ！　たったの100万だぞ！
雅生　ないものはない。
良雅　じゃあ、ケダモノだったたって言うぞ。

雅生　ちょっと待てよ。

と、声がする。

男性社員　ちょっと、すみません！
藤田　放せ！

藤田（中年男性）が飛び込んでくる。

藤田　山脇さん！　いい加減、払って下さいよ！
雅生　藤田さん。本当にすみません。
藤田　おたくが払ってくれないとうちは危ないんですよ！　もう二カ月も待ってるんですよ！
雅生　本当にすみません。来月になれば、来月になればなんとかしますから！
藤田　そんな話は聞き飽きたんだよ！　払えよ！　今すぐ、払えよ！　闇金でも腎臓売ってでも払えよ！

雅生、いきなり土下座する。

雅生　すみません。藤田さん。お願いです。来月まで、来月まで待って下さい！
藤田　待てないんだよ！　待ってたら、こっちが潰れるんだよ！
雅生　お願いします！　この通りです！
藤田　払えよ！　払えよ！

藤田、土下座している雅生に摑みかかる。

男性社員　やめて下さい。警察を呼びますよ！
藤田　なんだと！
雅生　いいんだ。俺が悪いんだ。すみません。本当にすみません！
藤田　払えよ！

と、雅生、激しい土下座。
良雅、驚いて見つめる。
暗転。

11

良雅のマンション前。

綾奈が一人、立っている。

ギターを背負い、電池アンプ（ローランド・モバイルキューブなど）とマイクの「路上ライブセット」を持って、良雅が帰ってくる。

良雅、綾奈が立っていることに気付いて立ち止まる。

綾奈　それ、どうしたんですか？
良雅　あ、うん。路上ライブやろうと思って、とりあえず、サークルの奴から借りてきた。
綾奈　路上ライブ。
良雅　なんかしたくてさ。ライブハウスは、すぐにはできないし。
綾奈　……どうして電話、出てくれないんですか？
良雅　忙しいんだよ。
綾奈　そんなに嫌いですか？
良雅　えっ？

綾奈　あたし、自分では結構、可愛い方だと思ってるんです。
良雅　……。
綾奈　違います。ダメですね。ブスです、私。クソ野郎です。
良雅　綾奈ちゃんは、可愛いと思うよ。
綾奈　だったら、どうして？
良雅　……。
綾奈　誰か他に好きな人がいるんですか？
良雅　いや……。
綾奈　私は恋愛対象とは見られないってことですか？
良雅　……そうだね。
綾奈　！……そうですか。
良雅　ごめん。
綾奈　でも、仲間にはなれるでしょう？
良雅　仲間？
綾奈　私、篠崎さんの音楽を応援したいんです。篠崎さんの夢を応援したいんです。
良雅　……。
綾奈　篠崎さんの音楽を大勢の人が聴くようになるお手伝いがしたいんです。恋愛の対象じゃなくても、それならいいでしょう。

良雅　悪いけど……。
綾奈　それもダメなんですか？
良雅　（うなづく）
綾奈　消えろってことですか⁉　篠崎さんの視界から完全に消えろってことですか⁉　どうして⁉　こんなに可愛い女の子が、一生懸命、応援するって言ってるのに、どうしてそんな冷たいこと言うんですか⁉　そんなに私が嫌いなんですか！　ダメなの？　生理的にダメなの？　私、G？　台所にいるGぐらい生理的にダメ？
良雅　そうじゃないよ。
綾奈　じゃあ、なんなんですか⁉　どうして協力したらダメなんですか？
良雅　ダメなものはダメなんだ。
綾奈　篠崎さん、ずるいです。
良雅　ずるい？
綾奈　なんか私のこと、嫌いじゃない空気出してたじゃないですか。だから、私だって、「いけるかなーっ」て思ったんです。それがここにきて、ここまで態度ヒョーヘンって、チョーずるいです！
良雅　……。
綾奈　私、もう何にも信じられなくなりました！　原口綾奈、世界と人間に絶望しました！　失礼しました！

綾奈、走り去る。

良雅　綾奈ちゃん！……綾奈ちゃん。そうじゃないんだ。そういうことじゃ、ないんだ。……僕は綾奈ちゃんのことが大好きだ。一日、一日、どんどん好きになっている。でも、ダメなんだ。ダメなんだ……

綾奈、走り去った方向から、後ろ向きのまま出てくる。

綾奈　いいんです。もういいんです。
良雅　綾奈ちゃん。今から言うことは、とても信じられないだろうけど、本当のことなんだ。
綾奈　えっ？
良雅　父親に会ったって言っただろう。ロックをやめた父親。その父親って、綾奈ちゃんのお父さんなんだ。
綾奈　は？
良雅　山脇雅生さんが僕の父親なんだ。
綾奈　……。
良雅　信じてもらえないと思うけど、事実なんだ。

綾奈　……そこまで私のことが嫌いですか？
良雅　えっ？
綾奈　そんな失敗した韓流ドラマみたいなこと言わないと話が終わらないんですか？
良雅　いや、信じてもらえないと思うけど、事実なんだ。
綾奈　もういいです。
良雅　本当なんだ。君と僕とは兄妹なんだ。兄と妹なんだ。
綾奈　そんなことが、
良雅　僕の母親は、君のお父さん、いや、僕の父親でもある山脇雅生がバンドをやってた時のファンなんだ。
綾奈　バンド？　パパが？
良雅　『ルーシー・ハウス』でよく演奏してたんだ。『クール・パルメザン』っていうバンド名だった。
綾奈　……嘘。
良雅　僕もそう思いたかった。でも、亡くなった母親の日記には、父親は山脇雅生ってはっきり書いてあったんだ。
綾奈　私と篠崎さんが兄妹？
良雅　そうなんだ。
綾奈　いやいやいや、ないから。そんなことないから。絶対にないから。

良雅　それがあるんだ。
綾奈　絶対に嘘！　絶対に違うから！

綾奈、走り去る。

良雅　綾奈ちゃん！

良雅、追いかけようとしてやめる。
暗転。

12

別空間に若い女性（杉村）が現れる。ヘッドセットをしていて、手慣れた感じ。

杉村　はい、『ドリームキッズプロジェクト』です。

電話している雅生が現れる。

雅生　代表の小笠原慎一郎さんをお願いします。
杉村　あいにく、今、小笠原は席を外しております。折り返しご連絡を差し上げますので、お名前を頂戴してもよろしいでしょうか？
雅生　山脇と言います。至急、直接、お会いしたいんです。今、どちらにいらっしゃいますか？
杉村　折り返しご連絡差し上げます。お電話番号を、
雅生　御社にお伺いすれば、お会いできますか？
杉村　いいえ、当社に来られましても、小笠原は、おりません。
雅生　そうですか……。

明かりが変わる。
時間がたつイメージ。
雅生、チャイムを押すマイム。

社長　はい。

と、社長（中年男性）が出てくる。

雅生　山脇雅生と言います。代表の小笠原さんにお会いしたくて。いらっしゃらないようなら、お帰りになるまで待たせてもらってもいいですか？
社長　小笠原？　そんな奴はいないよ。
雅生　は？『ドリームキッズプロジェクト』の代表は小笠原慎一郎さんでしょう？
社長　なんか勘違いしてないか？　ここ、『大栗雑貨《おおぐり》』だぞ。
雅生　『大栗雑貨』……ここ、あすなろビルの３０８号室でしょう？
社長　そうだよ。

雅生、名刺を出して、

雅生　この住所ですよね！

社長　……そうだよ。なんだ、この会社は？

雅生　最近、引っ越してきました？

社長　ここで健康雑貨の通販して12年だ。なんだ、こいつ。勝手に人の住所、使いやがって。

雅生　そんな……本当に、本当にここは『ドリームキッズプロジェクト』じゃないんですか⁉

社長　そうだよ。しつこいな。あんたも。

雅生　そんな、どういうことなんだ⁉

雅生の電話が鳴る。
中年男性は去る。

雅生　はい、もしもし。

13

道。

綾奈が飛び出てくる。

綾奈　どういうこと⁉　嘘よね⁉　なんで父親なの⁉　なんで兄妹なの⁉
雅生　……聞いたのか。
綾奈　嘘よね！　嘘でしょう！
雅生　そう思いたいんだが……
綾奈　嘘！

綾奈、走り去る。

雅生　綾奈！
綾奈（声）　ばーば！

社長室。
久美子が登場。
雅生はそのまま。

久美子　雅生さん、兄妹ってどういうことなの⁉
雅生　母さん。大変なことが分かったんだ。じつはね、
久美子　これ以上大変な問題なんてないでしょう！　息子ってどういうこと⁉
雅生　いや、母さん、『ドリーム（キッズ）』
久美子　（途中で）話をごまかすんじゃないの！　日記に雅生さんの名前が書いてあったの？
雅生　……ああ。
久美子　母親の日記に父親の名前が書かれていて、それを子供がこっそり読んだってこと？　なんだかどっかで聞いたような話ね。
雅生　えっ？
久美子　で、あれ、やったの？　親子かどうかの検査、なんだっけ、ＤＤＴ検査？
雅生　ＤＮＡ検査。
久美子　それ。ＤＤＴは、白い粉だったわ。懐かしい。
雅生　なに？
久美子　いいの、いいの。で、やったの？

雅生　いや、してない。
久美子　どうして？
雅生　会社が大変で、そんな精神的余裕も金銭的余裕もなくて、
久美子　こんな重大な問題を後回しにするなんて信じられない。母さん、父親が誰か突き止めるミュージカル見たんだけどね、全然、検査受けないで歌ってばっかりなの。そんなのＤＤＴ検査したら一発なのに。
雅生　ＤＮＡ検査。
久美子　それ。すぐに受けなさい。
雅生　うん……。
久美子　親の欲目かもしれないけど、雅生さん、そういうタイプじゃなかったでしょう？
雅生　そういう？
久美子　なんか、女性関係にだらしない感じじゃなかったと思うんだけど。
雅生　……。
久美子　ちゃんと受けるの。どんな結果になっても真実から目を背けちゃダメ。ありのままを見つめるの。私の関西の友達がよく言ってるわ。まんまを見るの。まんま、見ーあ。
雅生　まんま、見ーあ。
久美子　そう。
雅生　……綾奈はどうしてる？

久美子　私の家でずっと泣いてるわよ。
雅生　そう。
久美子　いいわね。まんま、見ーあよ。それじゃ。（去りかける）
雅生　あ、母さん。大変なことが分かったんだ。
久美子　もう大変なことはないでしょう。
雅生　『ドリームキッズプロジェクト』がないんだ。
久美子　ない？　ないってどういうこと？
雅生　だから、そのままだよ。会社の住所には、別の会社が入ってるんだよ。
久美子　何言ってるの。電話したらいつも可愛い秘書さんが応えてくれるわよ。
雅生　それは、たぶん、秘書代行サービスだ。
久美子　秘書代行サービス？
雅生　たくさんの会社の秘書を代わりにやってくれるサービスがあるんだよ。
久美子　なにバカなこと言ってるの。
雅生　母さん、『ドリームキッズプロジェクト』のオフィスに行ったことはあるの？
久美子　まだないわ。
雅生　昨日、もらった名刺の住所に行ってみたんだ。でも、そんな会社はなかったんだ。
久美子　なんでそんなことしたの⁉　まさか、慎一郎さんに私からお金を借りるなって言おうとしたの？

雅生　いや、それは……
久美子　なんてことするの⁉　いくら親子だからって、やっていいことと悪いことがあるでしょう！（去りかける）
雅生　謝るよ、母さん。でも、『ドリームキッズプロジェクト』は存在しないんだ！
久美子　雅生さんが住所、間違えたのよ。
雅生　出会ったのは今年の三月だって言ったよね。
久美子　そうよ。
雅生　早すぎない。結婚決めるまで二カ月ぐらいでしょう。
久美子　あら、ロミオとジュリエットは出会って二日で結婚を決めたのよ。
雅生　あいつらは若いからモノ考えてないんだよ。
久美子　雅生さん、今、いろんなものを敵に回したわよ。
雅生　母さん、最近、お金、出せって言われてない？
久美子　言われてないわよ。ただ、出資はするけど。
雅生　出資⁉
久美子　私もミュージカルのプロデューサーになるの。
雅生　いくら？
久美子　いくらでもいいでしょう。
雅生　会社は存在しないんだよ。ミュージカルも嘘かもしれない。

久美子　雅生さん。
雅生　母さん、ひょっとして、
久美子　なに？
雅生　小笠原さんは、結婚詐欺師じゃないかな。
久美子　なんてこと言うの⁉　言っていいことと悪いことがあるわよ！
雅生　母さん。真実から目を背けちゃダメだ。まんまを見ないと。まんま、見ーあだよ。
久美子　自分こそ、真実から目を背けちゃダメでしょ！　はやくＤＤＴ検査受けるのよ！　分かった⁉

久美子、去る。

雅生　母さん！……。

残される雅生。
暗転。

14

路上ライブのために、ギターを持った良雅が浮かび上がる。

マイク、電池アンプのこぢんまりとしたセット。

横に手書きのパネルが見える。

『篠崎良雅　S h i n o z a k i　Y o s h i m a s a』

と書かれている。


良雅、歌い始める。

M5『歪む街』（作詞　森雪之丞　作曲　河野丈洋）

良雅　サヨナラ……
昨日までの僕に Good-bye 告げて今
カサブタ剥がすように
ギター弾いてみる

落陽の街
群衆の人
俯きがちに引きずる影
僕には見える
誰の胸にも
傷があること

忘れよう……忘れよう……
すべてを『思い出』と名付け
まだ来ない……夜を待つ……だけ
サヨナラ……
生まれかけた恋に Good-bye したいけど
彼女の笑顔だけは
消せるわけがない

遮断機と凪
コンビニの旗
見飽きたはずの街が歪む

ギターが濡れて
やっと気づいた
泣いていること

忘れよう……忘れよう……
彼女がくれた優しさも
今はもう……遠い夢……だよ

歌、終わる。
暗転。

15

ホテルロビー。
小笠原と久美子がいる。

小笠原　篠崎君に会ったよ。
久美子　どうもありがとう。
小笠原　僕なりのアドバイスをさせてもらった。可愛い孫のボーイフレンドだからね。
久美子　ボーイフレンドねえ……。
小笠原　どうしたの？
久美子　いいえ。慎一郎さん。ごめんなさい。今日、お金持ってきてないの。
小笠原　え⁉
久美子　出資の話、デービッドはいつまで待ってくれるかな？
小笠原　どうしたの？
久美子　レコード会社のお友達に、お金がどれぐらい必要か聞いてくれない？
小笠原　レコード会社って、篠崎君のために？　久美子さんが、どうして？

久美子　ちょっと事情があって。祖母の責任と言うか、孫達のためというか。
小笠原　孫達のため？
久美子　もちろん、ミュージカルに出資したいの。でも、いくら必要かお友達に聞いてくれない？お願い。
小笠原　そうか。そうなのか。いや、参ったなあ。
久美子　本当にごめんなさい。
小笠原　……お金を使わないで篠崎君のチャンスが広がる方法があればいいんだよね。
久美子　そんな方法、ある？
小笠原　僕は音楽業界で30年以上、働いてるんだよ。任せて。
久美子　ほんとにありがとう。あの、慎一郎さん。慎一郎さんの会社におじゃましてもいい？
小笠原　もちろん。大歓迎だよ。
久美子　いいの？
小笠原　当り前じゃないか。久美ちゃんは『ドリームキッズプロジェクト』の共同出資者になるんだよ。
久美子　ありがとう。
小笠原　ただし、がっかりしないでね。
久美子　がっかり？
小笠原　経費節約のために、間借りしてるんだ。

久美子　間借り？

小笠原　『大栗雑貨』という会社の机をひとつだけ借りてるの。引退した社長が僕の夢に賛同してくれてね。ただ、二代目の今の社長はあまり協力的じゃなくて早く出て行けって顔してる。

久美子　久美ちゃんが微笑んでくれたら、少しは態度が変わるんじゃないかな。

小笠原　そうなの……

久美子　他の二人のスタッフは今は在宅なんだ。契約が成立したら、ちゃんとしたオフィスを借りるから、その時は、久美ちゃん、一緒に探してね。

小笠原　ええ…。

久美子　じゃあ、今から行ってみる？　それとも、少し気が早いけど、新しいオフィス候補を探して回ろうか？

　　えっ、それは……

と、小笠原、携帯を出す。

小笠原　ヘロー。オウ、ニック！　フォッツ、ハプン？……プリーズ、ホールド、アミニッツ。（久美子に）ロンドンのニックだ。作品を探してもらってたんだけど、『James and the Giant peach』に決まったことをゴネてる。ちょっと話が長引くから、お茶でも飲んで待ってて。

久美子　はい。

久美子、去る。

小笠原、「ノーノーノー、イッツ、ノット、ファット、アイミーン」とかなんとか適当な英語を言いながら離れる。

すぐに電話を切りかけ直す。

杉村（女性秘書）が登場。

杉村　『ドリームキッズプロジェクト』です。
小笠原　その声は杉村さんですね。
杉村　小笠原様。お分かりになるんですか？
小笠原　もちろんですよ。杉村さんの声が一番、僕に元気をくれますからね。
杉村　ありがとうございます。私も小笠原様とお話しするのは楽しいです。今日、また山脇様からお電話がありました。
小笠原　昨日と同じ女性の方ですか？
杉村　いえ、一昨日の山脇雅生様です。至急連絡を、とのことです。携帯の番号、メールします。
小笠原　そうですか……。
杉村　小笠原様、また、会社の住所を聞かれたらいかがいたしましょう？

小笠原　同じで大丈夫です。ただし、別の会社のデスクを間借りしていて、僕は海外出張で不在がちだと答えて下さい。

杉村　承知いたしました。

小笠原　今、杉村さんから教えてもらったバンドの曲、聴いてます。

杉村　いいでしょう？

小笠原　杉村さん、最近お勧めのコンクールとか大会とかないですかね？

杉村　そうですねえ。最近はすごく減ってきてるんですよね。でも、フェスは相変わらず盛んです。

小笠原　フェス？　フェスって言うと？

杉村　いろんなタイプのものがありますよ。楽しいですよ。例えばですね、

説明を聞いている小笠原。

暗転。

16

すぐに明かり。
喫茶店。
良雅が小笠原と久美子の話を聞いている。

良雅　レインボー・フェスティバル？
久美子　そう。レインボー・フェスティバル。
小笠原　聞いたことないかな？
良雅　なんとなく、あるようなないような。
小笠原　最近、世界的に盛り上がってるセクシャルマイノリティーの祭典だ。
久美子　ほら。ＢＬＴの人達。
良雅　ＢＬＴ？
久美子　だから、ベーコン・レタス・トマト……あら、違うわね。
小笠原　ＬＧＢＴです。
久美子　それ。

小笠原　大きなフェスティバルで、いろんな所から注目されてる。マスコミはもちろんだし、音楽業界も。

良雅　そうなんですか。

久美子　その中に、コンテストがあるんだって。それでグランプリを取ったら文句なしね。

良雅　グランプリ。

小笠原　レインボー・フェスティバルでグランプリ。今、一番パンチのあるナウいトレンドだな。

久美子　慎一郎さん、その言い方、ちょっと恥ずかしい。

小笠原　フェスティバルは、二週間後。エントリーはぎりぎりまだ受け付けてる。

良雅　二週間後。

小笠原　どうだい、これに出場するのが知名度を一気に上げるチャンスだ。

久美子　慎一郎さんが一生懸命、可能性を探ってくれたのよ。

良雅　ありがとうございます。チャンスがあれば、僕はとにかく歌ってみたいです。

小笠原　素晴らしい。その意気だ。

良雅　メジャーになることが一番大切なことですから。

と、綾奈が現れる。

久美子　綾ちゃん、来てくれたのね。篠崎君、参加するって。

綾奈　そうですか。

良雅と綾奈、ぎこちなく視線を交わす。

久美子　どうする？　綾ちゃん、手伝ってくれる？
綾奈　……。
久美子　篠崎君。綾ちゃんに手伝ってもらえたら嬉しいわよね。
良雅　……。
綾奈　調べたんですけど、レインボー・フェスティバルのコンテストって、かなりレベル高いですよ。
三人　えっ？
綾奈　出場しているバンド、結構水準、高いのばっかりです。
良雅　そうなの？

良雅、すぐにスマホを出してチェックし始める。

綾奈　人気があるか、実力があるか。私も全然知らなかったんですけど。このコンテストに出ることがステイタスになってるみたい。エントリーの音源審査、けっこう厳しいと思います。

良雅　（画面を見ながら）ほんとだ。すごいや。……小笠原さん、これは僕のレベルだとちょっと、

小笠原　その気持ちがダメなんだよ！　プロになりたいんだろ。死に物狂いでプロになるっていう

ガッツだよ！　根性だよ！　オーモウレツだよ！

良雅　でも、俺の今の実力じゃあ、正直、エントリーは……。

小笠原　大丈夫だって。

綾奈　でも、

久美子　慎一郎さんが大丈夫って言ったら大丈夫なの。ねえ、慎一郎さん。

小笠原　任せて下さい。だてに音楽業界に30年以上もいません。僕の力とコネを使って絶対になんとかするから。

久美子　素敵。

小笠原　音源、くれるかな。僕の方でエントリーの手続きしとくから。

良雅　はい。

綾奈　レインボー・フェスティバルだから、それに相応しい曲の方がいいと思います。

良雅　相応しい曲。新曲ってこと？

綾奈　はい。音源審査には間に合わなくても、もし、参加できるなら。

良雅　レインボー・フェスティバルに相応しい曲……。

小笠原　うん。それがいいな。

久美子　じゃあ、みんなで相談がてら、お食事しましょう。

綾奈　私、音源、用意します。『ホワイト・ハーツ』の代表曲を何曲か選んでCDに焼いてきます。（良雅に）それでいいですよね。

良雅　ああ。でも、僕がやるよ。

綾奈　篠崎さんは、コンテスト用の新曲に取りかかった方がいいと思います。

良雅　ああ。そうだね。

綾奈　それじゃ。（と、去ろうとする）

久美子　食事の後でいいじゃないの。

綾奈　いえ、善は急げ、ですから。

綾奈、さっと去る。

久美子　綾ちゃん！

良雅　じゃあ、僕も新曲に取りかかります。時間が惜しいんで。

久美子　ねえ、篠崎君。息子の雅生から、この2、3日、連絡あった？

良雅　えっ？　いいえ。会社、本当に大変なんですね。

久美子　じゃあ、検査やってないの？

良雅　検査って？

久美子　そうか……。よし、篠崎君。これ、やってみて。

と、バッグからＤＮＡ検査キットを出す。

久美子　口の内側の粘膜を何回かこするだけだから。
良雅　これって、まさか、
久美子　ＤＤＴ検査。
小笠原　ＤＮＡ検査。
久美子　それ。私はどっちでも幸せだと思ってるの。
良雅　えっ？
久美子　息子でも息子じゃなくても。ただ、真実をちゃんと見つめたいの。
良雅　……分かりました。

良雅、検査キットを受け取る。
明かり変わる。

17

（良雅と小笠原、去る）

社長室。

雅生、作業を終えた検査キットを久美子に渡す。

雅生　どれぐらいで分かるの？

久美子　一週間弱。便利な世の中になったわよね。

雅生　母さんが用意するなんてびっくりだよ。

久美子　私はもう今までの母さんじゃないんだから。ちゃんと真実に向き合うの。

雅生　僕の言ったことははっきりさせてないじゃない。

久美子　させたわよ。誤解だって分かったんだから。二人で新しいオフィス候補も見て回ったのよ。

雅生　母さん。小笠原さんと一緒の写真、ある？

久美子　どういうこと？

雅生　いろいろと結婚詐欺師について調べてみたんだ。結婚詐欺師は、一緒に写真を撮りたがらない。証拠が残るからね。どうしても撮られる時は、ふざけた顔をして素顔を隠すんだ。

久美子　それから、自分の友人・知人を紹介しない。免許証やＩＤカードを見せてくれない。どう？

雅生　雅生さん、いい加減になさい。50万円、貸したでしょう。

久美子　母さん。違うよ。僕は母さんが心配なんだ。結婚詐欺師に騙されてるんじゃないかって、

雅生　違うでしょ。お金を貸して欲しいからでしょう。

　そうじゃないよ。そりゃ、お金を貸してくれたら嬉しいよ。このままだと、本当に来月には終わるんだ。僕のマンションも競売《けいばい》にかけられるし、会社も倒産する。

久美子　その後はどうするの？

雅生　えっ。

久美子　来月私が貸しても、その先はもう借りる所はないんじゃないの？

雅生　その間になんとかするよ。

久美子　なんとか？　もうちょっと具体的に言ってみて。

雅生　母さん。銀行みたいなこと言わないで。

久美子　雅生さん、あなた、本当に自分のやりたいことをやっているの？

雅生　えっ？　どういうこと？

久美子　そのままよ。本当に好きなこととして生きてるの？

雅生　突然、何言い出すの？

久美子　母さん、ずっと考えてたのよ。雅生さんは本当に会社を継《つ》ぎたかったのかって。お父さん

雅生　は強引な人だったから、雅生さんの都合なんか関係なかったでしょう。
久美子　そんな話はいいよ。
雅生　よくないわよ。自分が本当は何をしたいかを考えることは大切なことよ。
久美子　どうしたの？　母さん、そんなこと言ったことなかったのに。
雅生　そう？
そうだよ。いつも親父の後ろで黙ってたじゃないか。親父が会社を継げって言った時も、歌なんかやめろって言った時も、

明かりがすっと雅生に集中する。

山脇誠一のシルエットが浮かび上がる。


誠一（声）　まだ分からんのか、雅生！　6年バンドやってお客はどれだけ増えたんだ⁉　コンテストにも落ちて、勝手に創ったレコードも売れず、つまりは才能がないってことなんだ！　これが事実だ！

雅生（声）　才能はある！

誠一（声）　ない！　事実がないと言ってる！　とっとと歌なんかやめて、会社を手伝え！　お前には音楽の才能なんかないいんだ！　いい加減、夢から醒めろ！

明かりがすっと戻る。
山脇誠一のシルエット、見えなくなる。

雅生　母さんは何も言わなかったよ。
久美子　心の中じゃ、ずっと「雅生さん、がんばれ」って思ってたのよ。
雅生　今頃、何言ってるんだよ。
久美子　……あのね、来月の8日に篠崎君がレインボー・フェスティバルのコンテストに出るの。ぜひ、見に来て。
雅生　レインボー・フェスティバルのコンテスト⁉　すごい有名なやつだよ。
久美子　あら、知ってるの？
雅生　もちろん。あれに篠崎君が出られるの？　本当に⁉
久美子　それがね、慎一郎さんが口をきいてくれたの。すごいでしょう。
雅生　口きなきで出られるの？　ちょっと、信じられないな。
久美子　慎一郎さんの実力よ。あ、でも、雅生さんの子供だからかも。雅生さん、歌うまかったもんね。カエルの子はカエルってことかな。
雅生　……。
久美子　絶対に見に来てね。じゃね。
雅生　母さん。俺、小笠原って人、信用しない方がいいと思う。

久美子　雅生さん。
雅生　俺が絶対に正体を暴くから。
久美子　コンテスト、見に来てね。

久美子、去る。
男性社員が入ってくる。

男性社員　社長。三番に大山工業さんからお電話です。その、かなり怒ってます。
雅生　……ちょっと出てくる。

雅生、去る。

男性社員　社長！

男性社員、追って去る。

18

綾奈、良雅、飛び出てくる。
小笠原、久美子も登場。
そこは久美子のリビングになる。

綾奈　決まったって本当ですか⁉
小笠原　ああ。エントリー、正式に決定だ。
綾奈　信じられない！
良雅　ホントに。
久美子　なに言ってるの。これが慎一郎さんの実力よ。
綾奈・良雅　ありがとうございます！
小笠原　ただし条件がある。
綾奈　条件？
小笠原　篠崎君だけじゃなくて、久美子さんと綾奈ちゃんも一緒に参加すること。
三人　えっ？

小笠原　篠崎君の曲は素晴らしかったけど、もう一押しが必要だったんだ。
良雅　一押し。
小笠原　家族の絆を大切にするバンドという設定にした。篠崎君と綾奈ちゃんは母親は違うけれど大切な家族で、久美子さんはそれを温かく見守っているグランママ。レインボー・フェスティバルに相応しいバンドと判断された。
綾奈　そんな……。
小笠原　ごめんね。綾奈ちゃんが言ったように、水準の高いコンテストだったから。これが条件だ。
綾奈　私が篠崎さんとバンドを組むんですか。
小笠原　もちろんメインは篠崎君の歌さ。二人はまあ、形だけ。（スマホを出して）フェスティバルの事務局からバンドの写真を送って欲しいって言われた。とりあえず顔を確認したいって。
綾奈　えー、今から撮ります？
小笠原　事務局用だから。ホームページとかには載せないから。
久美子　だったら、慎一郎さんもバンドに参加しないと。
小笠原　えっ？
久美子　だって、私達、家族になるんだから。
綾奈　そう！　そうですよ！　家族のバンドなんでしょう！
良雅　たしかに。
久美子　そうでしょう？

小笠原　そうだね。
久美子　慎一郎さんも一緒なら、心強いわ。四人で出られるなんて素晴らしいじゃないの。
綾奈　じゃあ、四人で撮りましょう。
小笠原　僕はいいよ。
綾奈　どうしてですか？
小笠原　だって事務局には、三人って言ってるんだから。
久美子　慎一郎さん、参加してくれないの⁉　どうして⁉　私達、夫婦になるのに。
小笠原　だって、四人じゃ撮れないよ。シャッター、押す人がいないと。

綾奈、自分の携帯を出し、

綾奈　全然、大丈夫ですよ。撮ったら、小笠原さんに送りますね。はい、いきますよー。

全員、綾奈の掲げたスマホを見つめる。

綾奈　せーの。

その瞬間、小笠原、変な顔をする。

綾奈　小笠原さん！　どうしたんですか⁉
小笠原　いや、こういうの緊張しちゃうんだよ。俺、ダメだ。
良雅　えー、小笠原さん。不思議なことがダメなんですね。
綾奈　もう一回、行きますよ。せーの。

小笠原、また変顔をする。

綾奈・良雅　小笠原さん！
小笠原　ごめん、ごめん。なんか、ダメなんだ。
久美子　……。
良雅　もう、しっかりして下さいよ。
久美子　もう、それでいいんじゃない。ねえ、慎一郎さん。
小笠原　えっ。うん。これでいい。綾奈ちゃん、僕に送って。
綾奈　えー、ほんとにいいんですか。
良雅　見せて。

綾奈と良雅、スマホを覗き込む。

良雅　あー、これはひどいわ。
綾奈　ほんとに。

良雅と綾奈、距離の近さを急に意識して黙る。
その間、久美子は小笠原を見ている。

小笠原　どうしたの？
久美子　ううん。なんでもない。
綾奈　なんの楽器やるか相談しないと！
良雅　そうだね。うん。相談しよう。
小笠原　そうだね。そうしよう。
久美子　……。

暗転。

19

すぐに明かり。

『大栗雑貨』社長が雅生と話している。

社長　あんたもしつこいな。間借りなんかさせてるわけないだろ！

雅生　先代の社長が親しかったんじゃないですか？

社長　この会社は俺が作ったんだよ。先代なんかいるかよ！

雅生　じゃあ、本当に嘘なんですね。

社長　初めからそう言ってるじゃないか！

社長、去る。

雅生、携帯を出してかける。

杉村（女性秘書）が登場。

杉村　『ドリームキッズプロジェクト』です。

雅生　山脇です。小笠原さんに、『大栗雑貨』の嘘は完全にバレたとお伝え下さい。
杉村　あ、はい。
雅生　至急、お会いしたいと。
杉村　分かりました。

明かり変わる。
杉村、去る。
同時に、小笠原、登場。
そこは公園。

小笠原　待たせましたか。
雅生　嘘がばれると、すぐに連絡くれるんですね。二日前から、秘書代行サービスの女性に頼んでたんですよ。
小笠原　……。
雅生　義理の父親になるんですから、一緒に写真撮ってもらっていいですか？
小笠原　……。
雅生　どうしたんですか？　何か都合の悪いことでもあるんですか？
小笠原　苦しそうな顔をしていますね。

雅生　そうですよ。母親が結婚詐欺師に騙されそうになってるんだ。苦しいのは当り前です。
小笠原　金策、大変でしょう。夜、寝られないんじゃないですか？
雅生　関係ないだろ。
小笠原　税理士や弁護士は、もう倒産した方がいいって言ってるでしょう。
雅生　そんな話をするために連絡したんじゃない！
小笠原　あの人達は立場上、そう言うんですよ。でも、その言葉を聞くたびに、社長だった私は淋しくて辛くて、腹の底から震えましたよ。
雅生　なに？
小笠原　私も昔、小さな会社を倒産させたんですよ。雅生さんを見ていると、あの時のことを思い出して胸が苦しくなります。社長の苦しみは社長にしか分かりません。
雅生　デタラメ言うな！
小笠原　大企業の下請けだったんですけどね。取り引きを一方的に切られましたよ。ゴミクズみたいに。海外にもっと格安の会社があるって。何の痛みも迷いもなく切り捨てた担当者の顔、今でもはっきりと覚えてますよ。
雅生　嘘はいいんだ。
小笠原　何が一番大切ですか？
雅生　えっ？
小笠原　最後の最後に雅生さんが守りたいものはなんですか？　自宅？　会社？　従業員？

雅生　……。
小笠原　私は愚かでしたから、全部を守ろうとして全部を失いました。いろんな所から借りて返すだけの繰り返しで、結局行き詰まりました。
雅生　嘘はいいって言ってるだろ！
小笠原　事業再生コンサルタントに相談してますか？
雅生　えっ？
小笠原　たった一人で追い詰められ、焦っている時に、いい知恵なんて浮かぶはずないです。
雅生　……。
小笠原　『ドリームキッズプロジェクト』の住所は嘘です。間借りもしてないし、社員もいません。秘書も代行サービスです。それは、スポンサー企業の信用を獲得するためのアピールです。
雅生　なに？
小笠原　でも、チャリティー・ミュージカルに対する熱意と久美子さんに対する愛は本当です。
雅生　嘘だ！
小笠原　本当です！　僕は心からチャリティー・ミュージカルを愛しています。そして、それ以上に久美子さんを愛してるんです。
雅生　母親の金が目当てなんだろう！　騙されないからな！
小笠原　まだ分からないのか！　自分は不安や悩みが人より多いと思ってるだろう！　それはただ視野が狭いだけなんだ。

雅生　えっ……。

小笠原、メモを一枚差し出す。

小笠原　信頼できる事業再生コンサルタントの連絡先だ。一番大切なひとつだけを守る方法を教えてくれる。今、手を打たなきゃ、手遅れになるぞ！　さあ！

雅生、動かない。

小笠原　私は一人で抱え込んで何もできなかった。自分が世界で一番苦しんでいると思い込んでね。
雅生　なんでこんなことするんだ？　結局は母親の金なんだろう？
小笠原　息子のことを心配するのは当り前だよ。
雅生　えっ。

小笠原、メモを強引に雅生に渡す。

小笠原　父親として息子の幸せを願うのは当然のことさ。
雅生　……。

雅生、メモを持ったまま走り去る。

小笠原　……だめだ！　俺、いい人になってる！　そんな生き方をしたいんじゃないんだ。じゃあ、どんな生き方をしたいんだ？……ってつぶやく俺はなんなんだ？

暗転。

20

電話している綾奈。

綾奈　あの、篠崎さん。どんな感じですか？　いえ、すみません。プレッシャーかけるわけじゃないんです。ただ、もうあと9日しかないから。みんなで練習しないといけないし。

綾奈の姿が見えなくなり、良雅の姿が見える。

良雅　分かってるよ。よく分かってる。うん。がんばってるんだよ。でも、ちょっとうまくいかなくて。分かった。とりあえず、送るから聴いてみて。

綾奈、登場。
そこは公園。

綾奈　なんか、いつもとテイストが違いますよね。いつもの感じより、ちょっと、奥行きがない

良雅　っていうか、はっきり言ってくれないか。正直な感想が聞きたいんだ。
綾奈　……たしかに、レインボー・フェスティバルに相応しい曲がいいって言いました。だけどこの曲は、
良雅　この曲は？
綾奈　頭で作ったっていうか、篠崎さんの良さが全然出てないと思います。
良雅　本当の意味で、俺、セクシャルマイノリティーのこと、分かんないんだよ。中途半端に同情したり、理解したふりするのって一番ダメだと思うんだよね。
綾奈　それは私もそう思います。でも、当事者じゃなくても歌えることはあると思うんです。
良雅　それを俺もずっと探してるんだよ。
綾奈　もっと具体的っていうか、リアルな描写っていうか、
良雅　じゃあ、綾奈ちゃん、作詞したら？　作詞家になりたいって出会った頃、言ってたよね。
綾奈　私にはそんな才能がないって分かりました。でも、篠崎さんならきっと創れます。
良雅　無責任なこと言わないでくれるかな！
綾奈　すみません。
良雅　あ、いや。はっきり言って欲しいって頼んだのは僕なんだ。ごめん。創り直してみる。もう一日くれないか。
綾奈　はい。がんばって下さい。

良雅　次の曲も、遠慮せず、感想をはっきり言って欲しい。
綾奈　怒らないで下さいよ。
良雅　怒るかもしれない。でも、兄と妹なら、ズケズケ言い合うのも当り前だよ。
綾奈　えっ？
良雅　兄妹なんだから、なんでも正直に言って。
綾奈　本気で言ってます？
良雅　なにが？
綾奈　あ、いえ……。
良雅　じゃあ、僕、すぐに帰って曲創るよ。待ってて！　絶対に名曲にするから！

良雅、走り去る。

綾奈　どういうこと？　もう決めてるの？　兄なの？　妹なの？　信じられない！　篠崎！　それでいいのか⁉（携帯を出して）あ、久美ちゃん。ＤＮＡ検査の結果、まだ来ない？　そう。来たらすぐに教えてね！　電話、待ってるから！

綾奈、去る。

21

雅生が手にメモを持って登場。
人々が集まる。
メモを時々見ながら、話し始める。

雅生　金融機関のみなさん。バンクミーティングにお集まりいただきまして本当にありがとうございます。まことに心苦しいのですが、『山ちゃん食品』を今月末で畳むことにしました。

参加者、口々に不満と驚きの声を出す。

雅生　そして、あらたに『元気一発納豆』を中心とした『マサオフーズ』を設立します。弊社の主力商品である『元気一発納豆』に特化した会社とし、それ以外の不採算部門は『山ちゃん食品』と共に清算します。
男1　ちょっと待てよ！　それは計画倒産ってことじゃないのか！
女1　『山ちゃん食品』に貸した金はどうなるの⁉

雅生　組織再編しか生き延びる道はありません。新しい会社の株式を投資家に売って、融資金を可能な限りお返しします。それ以上は、申し訳ないのですが、事実上の債権放棄をお願いしたいのです。

参加者　（抗議と怒号）「ふざけるな！」「そんなことが許されると思ってるのか！」「何言ってるの！」「いいかげんにしろ！」

雅生　みなさま、私の自宅は差し押さえられて競売にかけられます。個人で保証人になってましたから、自己破産を申請します。

男1　社長！　あんた、コンサル、頼んだのか⁉　入れ知恵されたな！

女1　コンサル⁉　そんなことが許されると思ってるの！

雅生　申し訳ありません。これしか、『元気一発納豆』が生き延びる道はないんです。『山ちゃん食品』は破産手続きに入ります。

参加者　（怒号）

明かり、変わる。

雅生　業者のみなさん。本当にご迷惑をおかけしました。

参加者、業者に変わる。

男１　お金はどうなるんだ⁉

女１　どうなるの⁉（口々に問いただす）

雅生　買掛金《かいかけきん》はすべてお支払いします。ただし、まことに心苦しいのですが、一割を決済して、残り九割は翌々月からの十回払いでお願いしたいのです。『元気一発納豆』は充分売れます。それまで、今しばらく待って下さい。この通りです！

参加者　（戸惑いの声）

雅生　『元気一発納豆』はみなさんのお力なくして作り続けることはできません。どうか、お願いします！　これしか方法はないんです！

参加者　（さらに戸惑いの声）

雅生、深く頭を下げる。
明かり、変わる。
参加者、従業員になる。

雅生　みなさん！

男性社員　社長！　会社はどうなるんですか⁉

女性社員　社長！　私達、クビですか？（それぞれに戸惑いの声）

雅生　みんな。本当にすまない。『マサオフーズ』は、『山ちゃん食品』の半分の人数しか雇うことができない。

従業員　（口々に反応）

雅生　工場と事務所は金融機関の債権者が差し押さえた。だから、知り合いの工場のラインを借りて、『元気一発納豆』を作る。でも、待っててくれ。『マサオフーズ』を大きくして、もう一度、全員を呼び戻すから。

従業員　（混乱の声）

雅生　未払い賃金に関しては、国の立替払制度がある。倒産した場合、給料の80％は受け取れる。みんな、本当にすまない！　すべては社長の私の責任だ。でも、絶対に成功して、もう一度、全員に声をかける。それまで、どうか、待っていてくれ！　本当にすまない！　どうか、待っていてくれ！

頭を下げる雅生。

従業員　（それぞれに反応の声）

雅生　すまない！　どうか、待っていてくれ！『マサオフーズ』、絶対に成功させるから！　絶対に！　本当にすまない！

従業員の戸惑いと混乱、怒りの声。
暗転。

22

良雅と綾奈、小笠原がいる。
良雅の傍には背負うタイプのギターケースが置かれている。
小笠原のサックスケースもある。
公園。

良雅　これが精一杯なんだよ！
綾奈　篠崎さんは、もっとできるはずです！
良雅　それは買いかぶりだよ！　これが俺の限界なんだ！
小笠原　まあまあ、二人共、ちょっと落ち着いて。
綾奈　小笠原さん。正直な感想、言って下さい。新曲、イマイチですよね。
良雅　イマイチで悪かったな。
小笠原　いや、篠崎君が納得してるんならそれでいいんじゃないかな。
綾奈　無責任な言い方しないで下さい。小笠原さんもバンドのメンバーなんですよ。
良雅　そうですよ。はっきり言って下さい。

小笠原　えっ。だから、僕は結構いい感じだと思ったよ。
良雅・綾奈　ほんとですか!?
小笠原　ああ。
良雅・綾奈　信じられない。
良雅　僕は全然納得してません。全然ダメです。
綾奈　私もそう思います。小笠原さん、嘘ついてるでしょう。
小笠原　えっ。
良雅　小笠原さん、中途半端な優しさはいらないんです。
小笠原　いや、だから、あと一週間なんだから、練習した方がいいだろう。今日はそのために集まったんだから。
綾奈　でも、この曲、練習してもダメだと思います。
良雅　悪かったな。
小笠原　でも、あと一週間なんだからさ。

久美子が現れる。
手には封筒。

久美子　来た。来ましたよ！

小笠原　久美ちゃん、どうしたの？
久美子　ＤＤＴ検査の結果が来ました。
三人　え⁉
綾奈　それで？
久美子　一人じゃ見れないわよ。ドキドキしすぎて。
綾奈　早く見て！
久美子　開けるわよ。後悔しない？
綾奈　ＤＮＡ検査しようって言ったの、久美ちゃんでしょう？
久美子　それはそうなんだけど、篠崎君、いい、開けるわよ。
良雅　はい。お願いします。
久美子　……あ、ダメ！　慎一郎さん、開けて！（と、渡す）
小笠原　え、僕⁉
久美子　お願い。
小笠原　分かった。

小笠原、封筒の封を慌てて開ける。

久美子　孫は一人なのか、二人なのか。早く、早く！

小笠原　（中の紙を取り出し）読むよ。……「検査結果。山脇雅生と篠崎良雅には、99・99%の確率で、親子関係は認められない」

三人　え⁉

良雅　ちょっと！

と、良雅、小笠原の紙を奪う。

そのまま、読む。

綾奈と久美子も覗き込んで読む。

良雅　……親子関係は認められない。

久美子　認められない……。

綾奈　認められない……。

間。

良雅　そんな……じゃあ、俺は誰の子供なんだ？

綾奈　……篠崎さん。

良雅　ごめん、今日は……。

良雅、走り去る。

綾奈　篠崎さん！

綾奈、思わず追いかける。

小笠原　……かわいそうに。大人でも苦しいことを、あんな若さで。

久美子　篠崎君、子供の頃、お父さんに会いたいって言い続けてたら、私と父親、どっちを取るのって、母親に迫られたんだって。綾奈が言ってた。

小笠原　どっちを取る……。

久美子　綾奈も9歳の時、同じことを言われたの。

小笠原　えっ？

久美子　両親が離婚する時、母親からどっちを取るのかって。

小笠原　……二人はお互いの痛みが分かるんだね。

綾奈が戻って来る。

久美子　どうしたの？
綾奈　すっごい勢いで走って行った。
久美子　そうか。……雅生さんは、あんまり女性関係、派手じゃなかったからね。こんな予感はあったの。
小笠原　でも、綾奈ちゃんにとっては喜びの知らせになったんじゃない？
綾奈・久美子　え？
小笠原　これで二人は晴れて恋人同士になれるんだから。
久美子　そうよ！　なんだか、あたしがドキドキしてきたわ。綾ちゃん、行くよね？　ひゅうひゅうのごうごうよね！
綾奈　……今日は練習にならないから帰ります。

綾奈、去る。

久美子　……篠崎君、コンテストに参加するかな？
小笠原　何が一番大切か迷わなければ、参加できると思うよ。
久美子　何が一番大切か……。

久美子、チラシを出して、

久美子　ねえ、慎一郎さん、レインボー・フェスィバルってすっごく面白そう。グランプリだけじゃなくて「サポート企業賞」もいいのよ！

小笠原　「サポート企業賞」？

久美子　『立国電気《りっこくでんき》』のスーパーマッサージチェア、『天国気分』。なんと、55万円！

小笠原　（チラシを受け取り）『立国電気』？　レインボー・フェスティバルと何の関係があるんだ？

久美子　『立国電気』は、自然保護とか性的少数者を応援する会社なの。知らなかった？

小笠原　バカな。

久美子　えっ？

小笠原　『立国電気』はそんな会社じゃない。

久美子　慎一郎さん？

小笠原　……練習中止だから、仕事に行くね。

久美子　えっ⁉

小笠原　それじゃ。

小笠原、サックスケースを持ってすたすたと去る。

久美子　慎一郎さん……。

呆気に取られる久美子。
暗転。

23

呼び出し音。
「留守番電話に接続します」の応答。電話している綾奈が浮かび上がる。

綾奈　篠崎さん。大丈夫ですか？　新曲、作る余裕がなかったら、昨日の曲をやりましょう。バンドなんだからみんなで盛り上げましょう。私にできることがあったら言って下さい。何でも手伝います。明日、スタジオ、予約しました。場所、ラインしておきます。連絡、下さい。待ってます。

久美子が登場。
そこは、久美子のリビングになる。

久美子　篠崎君には会えたの？
綾奈　（首を振る）昨日から電話に出ない。マンションにも帰ってないみたい。
久美子　そう……。何が一番大切か迷わなければ、参加するだろうって慎一郎さんが。

綾奈　何が一番大切か……。
久美子　大丈夫よ。きっと参加するよ。
綾奈　うん……。
久美子　篠崎君、綾ちゃんのこと、絶対に好きだと思うな。
綾奈　……私、久美ちゃんがうらやましい。
久美子　えっ？
綾奈　私も、久美ちゃんみたいに篠崎さんの夢を支えたいの。私のことを好きになってくれなくても、篠崎さんの夢を支えたいの。小笠原さんの夢を支える久美ちゃんが、本当にうらやましい。
久美子　あら、私は慎一郎さんの夢を支えようとしてるんじゃないわよ。
綾奈　えっ？
久美子　私は、私の夢を摑《つか》もうとしてるの。
綾奈　私の夢？
久美子　……私ね、ずっと死んだおじいちゃんの夢を支えようと思ってたの。でも、それはおじいちゃんの夢で、私の夢じゃなかったの。
綾奈　会社のこと？
久美子　（うなづいて）そう。それは私の夢じゃなかったの。

音楽が始まる。
M6『同志《とも》よ、風に向かえ！』（作詞　森雪之丞　作曲　河野丈洋）

久美子　妻として
主人の夢支えた日々は
還《かえ》らない
若いうちに
自分の夢を叶えなさい
ためらわず…

綾奈　（セリフ）だって、私は平凡な女で、なんでもなくて、だから、自分の夢なんてなくて、
篠崎さんの夢を応援したくて…。

久美子　人生の主役は
あなただけなの
風に向かい背筋を伸ばし
空の高み見据え歩きだせ！
女として人として

同志《とも》よ、行け！　気高く
ふと涙が落ちる日も
同志《とも》よ、行け！　夢へと

綾奈　（セリフ）夢を探す気力はあると思う。熱意も意地もある。あと私に必要なのは何？
久美子　（セリフ）夢にとって必要なのは、お金よ。自立する経済力。
綾奈　（セリフ）お金⁉

久美子　風に向かい光を仰ぎ
憧れの未来を掴み取れ！
女として人として
同志《とも》よ、行け！　怯《ひる》まず
淑《しと》やかでもしたたかに
同志《とも》よ、行け！　夢へと

暗転。

24

スタジオ。
ドラムセットとキーボードがある。
雅生が現れる。
うろうろと様子をうかがう。
と、綾奈が現れる。

綾奈　パパ……。
雅生　今日、練習なんだな。
綾奈　どうして知ってるの?
雅生　母さんに聞いた。
綾奈　パパ、大丈夫?
雅生　大丈夫だ。養育費は、ちゃんと払うからな。
綾奈　そういうことじゃなくて、
雅生　……篠崎君は?

綾奈　……まだ、来てない。
雅生　そうか……。その方がいいかもな。
綾奈　えっ⁈
雅生　レインボー・フェスティバルのコンテストは、本当に水準が高いんだぞ。分かってるのか？
綾奈　知ってるよ。
雅生　今の篠崎君の実力だと、立ち直れない傷になるかもしんないぞ。
綾奈　……。

と、久美子がやってくる。

久美子　雅生さん。どうしたの？
雅生　いや。電話でしか報告してなかったから。母さんにちゃんと謝ろうと思って。
久美子　謝る？
雅生　『山ちゃん食品』、潰してしまうから。
久美子　謝ることなんかなにもないわよ。新会社、『マルチーズ』って素敵な名前じゃない。
雅生　『マサオフーズ』。
久美子　それ。雅生さんがしたいようにすればいいの。
雅生　母さん。

綾奈　……私、ちょっと電話して来る。

綾奈、去る。

久美子　慎一郎さんのアドバイスが役に立ったんでしょう?
雅生　ものすごく役に立った。心から感謝してる。
久美子　よかった。
雅生　でも、母さん、彼は結婚詐欺師だ。
久美子　雅生さん。
雅生　綾奈が、四人で撮った写真を送ってきたよ。楽しそうな文章だったけど、素顔で写らないって、結婚詐欺師そのものじゃないか。
久美子　慎一郎さんは上がり症なのよ。写真が苦手な人っているじゃない。
雅生　まだ、お金、渡してないよね。
久美子　えっ?
雅生　出資するって言ってたよね。いつなの?　絶対に渡したらダメだよ。金出したら彼はいなくなる。
久美子　いい加減にして。
雅生　コンテストが終わったら、渡す予定なの?　渡したら、彼はいなくなるよ。

小笠原が入ってくる。
手にはサックスのケース。

小笠原　さあ、今日こそ、練習しないとね。（雅生に気付いて）やあ、どうですか？
雅生　今のところ、計画通りです。やることは一応手配しました。
小笠原　それはよかった。よくがんばりましたね。
雅生　……。（頭を下げる）

綾奈が戻って来る。

久美子　どう？　連絡、ついた？
綾奈　（首を振って）どうしよう……。
小笠原　今日練習できないと、コンテストの参加は難しいかもしれないね。
久美子　来るわよ。篠崎君はきっと来る。
雅生　……。

明かりが変わる。

時間が経過するイメージ。

雅生　……それじゃあ、僕はそろそろ。
久美子　練習、見ていかないの?
雅生　えっ
久美子　そのために来てくれたんでしょう?　心配で。
雅生　そんなんじゃないよ。
綾奈　パパ……。
雅生　でも、もう……。

雅生、去ろうとする。
と、良雅が入ってくる。

綾奈　篠崎さん!
小笠原　篠崎君……。
良雅　……遅くなってごめんなさい。なんとか納得できる歌を作ろうとしたんだけど、ダメでした。本当にごめんなさい。
綾奈　……一昨日の曲でやりましょうよ。気合と根性と情熱で乗り切りましょう!

久美子　そうよ！　メジャーを目指してがんばろう！
良雅　いや、でも、あの曲は僕が納得してないんです。
小笠原　コンテスト、やめるしかなくなるよ？　それでいいの？
良雅　……。
雅生　作り手と受け手が同じ感想とは限らない。正反対の反応だってあるよ。
良雅　山脇さん……。
雅生　最低の演奏だと思ったのに、妙にほめられたこと、なかったかい？
良雅　……もう一度、母の日記を読み返したんです。『クール・パルメザン』で一番好きだった曲のこと、書いてました。
雅生　えっ？
良雅　『クール・パルメザン』の解散ライブの時、最後に聴いた曲が一番よかったって。なんか、今までと全然違ってたって。最後の最後、一回聴いただけなのにずっと胸に残っているって。
雅生　……。
良雅　聴かせてくれませんか？
雅生　えっ？
良雅　母が忘れられなかった曲、僕も聴きたいんです。
雅生　いや、昔の話だよ。
良雅　山脇さんは僕の父親じゃなかったけど、母の憧れだったことは間違いないんです。母のために歌って下さい。

雅生　あの歌は、なんというか、たった一回だから歌えたんだ。もう封印したんだよ。

良雅　ずっと山脇さんのファンだった母のために、歌って下さい。

雅生　……。

良雅　母は死ぬまで、あなたのファンだったんです。

久美子　雅生さん。

綾奈　パパ……。

雅生、キーボードに座る。
そして、弾き始める。
M7『LIAR'S MASK』（作詞　森雪之丞　作曲　河野丈洋）

雅生　神様はどうして
僕らに言葉と
嘘つくことを
教えたんだろう

どの会話も

真実だけなら
たぶん諍《いさか》いの
絶えない世界に

だから嘘はひとつの愛
でももう疲れた

ありのまま生きてみたい
もし誰かを傷つけても迷わず
何も演じない僕でいたい
さぁ偽りの仮面を取れ

棄てた夢が真夜中
胸を掻き毟る
大人のフリをして
自分騙《だま》してた罰のようだね

そうさ嘘はひとつの愛

でもうやめよう

ありのまま生きてみたい
もし今より傷ついても微笑み
何も怯えない僕でいたい
さぁありったけの勇気を出し
偽りの仮面を取れ

全員　……。
良雅　この曲、歌わせて下さい。
雅生　えっ？
良雅　この曲、ぜひ、コンテストで歌いたいです。
綾奈　賛成！
雅生　え、いや、それは……
久美子　雅生さんらしくていい歌だと思うわ。慎一郎さん、素敵な歌よね。
小笠原　……。
久美子　慎一郎さん。
小笠原　（ハッとして）驚いたな。

全員　えっ。
小笠原　雅生君がいくつの時、この曲を作ったの？
雅生　23歳です。
小笠原　その時、どんな嘘に苦しめられていたの？
雅生　えっ。
小笠原　自分のついた嘘に苦しめられる歌だろう？
雅生　いや……。
久美子　そうだ！　雅生さんも一緒にコンテストに出ましょう！
雅生　えっ？
久美子　だって、家族で参加するんだから！
綾奈　大賛成！　パパの作った曲なんだから。篠崎さん、どうですか？
良雅　うん。いいと思う。
雅生　何言ってるんだよ！　歌は捨てたんだから。
久美子　当り前じゃないの！　みんなの旅立ちのために歌うのよ。
雅生　みんなの旅立ち？
綾奈　これでやっとバンドっぽくなってきた。
雅生　バンド？　バンドなの？　コーラスじゃないの？
綾奈　聞いてなかったの？　私、ドラム。

久美子　私はキーボード。
良雅　僕はギター。
小笠原　僕はサックス。
雅生　だって、あと5日なんだよ。綾奈、ドラムなんかできるの？
綾奈　エアーでいいかなって。ねえ。
良雅　はい。エアー、流行ってるし。
小笠原　エアー？　エアーってなに？
綾奈　実際に演奏しないで、形だけやることです。
小笠原　形だけ？
良雅　それで、実際に演奏してるように見せるんです。
小笠原　ダメだよ。それじゃ、詐欺じゃないか。
久美子　慎一郎さん、サックスできるの？
小笠原　（サックスを取り出しながら）僕、中学時代はブラスバンド部だったんだから。
久美子　素敵。

小笠原、サックスで『おじいさんの古時計』の旋律をひと吹き。最後の音が外れる。

小笠原　あ!?

久美子・綾奈・良雅　（心優しい拍手と反応）
小笠原　5日あればもっと上達すると思います。
良雅　演奏できる人は演奏した方がいいですよね。
綾奈　パパはベースね。エアーでもいいから。
雅生　エアーじゃなくてもできるよ。
綾奈・久美子　すっごーい！
雅生　いや、そういうことじゃなくて。
綾奈　一日だけの大切なバンドなの。
雅生　……バンド名は何なの？
久美子　素敵よ。『篠崎良雅と愉快な仲間達』
雅生　出ない。
綾奈　どうして⁉
雅生　恥ずかしすぎる。
久美子　どうして⁉　楽しいじゃない！　愉快な仲間達なのよ！
綾奈　まあ、センスはどうかと思うんだけど、
小笠原　すみません。急に聞かれて『篠崎良雅ととびだせ青春』とどっちにするか迷ったんですけど。
久美子　『とびだせ青春』よりは断然いいわよね。雅生さんも新会社『マルチーズ』のために、歌いましょう。

綾奈　なんかグランプリ、取れそうな気がしてきた。
久美子　私も！
雅生　ちょっと待ってよ。
良雅　お願いします。死ぬまでファンだった母のために歌って下さい。
雅生　……。
久美子　天国のお母さん、喜ぶわね。
綾奈　歌わないと、パパは、熱烈なファンを見捨てたことになるよ。
雅生　……条件がある。
綾奈　なに？
雅生　バンド名を、『元気一発納豆』にして欲しい。
全員　（雅生以外）えー!!
久美子　雅生さん、気が狂ったの？
綾奈　自己破産てそんなに辛いの？
小笠原　正気に戻るんだ。
雅生　……バンド名を『篠崎良雅と元気一発納豆』にして欲しい。
久美子　それも嫌。
綾奈　死んでも嫌。
小笠原　ダサすぎて笑えますね。

良雅　腹、痛いです。
雅生　新しい旅立ちのために、『元気一発納豆』の名前を広げたいんだ。
久美子　そんな名前で出るぐらいなら、解散するわ。
綾奈　解散です。
雅生　じゃあ、『篠崎良雅と愉快な仲間達フューチャリングウィズ元気一発納豆』は？
綾奈　それならまあ、
久美子　いいんじゃないかな。
小笠原　ギリギリですね。
良雅　ギリギリ？
綾奈　『篠崎良雅と愉快な仲間達フューチャリングウィズ元気一発納豆』
久美子　舌噛みそうね。
小笠原　いいんじゃないかな。事務局に連絡して、間に合うところは直してもらおう。
綾奈　それじゃあ、練習開始！
全員　(それぞれに返事)

軽快なリズムが始まる。
綾奈に光が集まる。

綾奈　パパが楽譜を書き、篠崎さんがコピーして、エアーはエアーなりに、生演奏は必死に練習が始まった。コンテストまで5日しかなかった。

明かり、広がる。
以下、練習風景が点描される。
「×　×　×」の部分で明かりが変わり、時間経過を示す。

雅生　いいか、綾奈。エアードラムとはいえ、決めるところは合わせるんだぞ。
綾奈　えー、パパ、エアーを目の敵にしてない？　合わせるのってチョー難しいよ。

と、言いながら、綾奈、ドラムセットに座る。

雅生　難しくたってやるの！　母さんもですよ。
久美子　大丈夫。私はチェルニーの30番まで小学校の時にやったから。みんな、飲物、買ってくるね。

久美子、去る。

雅生　綾奈、ちょっと叩いてみて。
綾奈　えー。
と、言いながら、綾奈、叩く。
それなりに形になっている。
全員　（ほおっ、という反応）
綾奈　あたし、高校の時、軽音楽部だったから。
小笠原　綾奈ちゃん、軽音楽部ですか。僕はブラスバンド部です。
綾奈　仲間ですね。
小笠原　はい。僕達は仲間です。
×　　×　　×
雅生　僕、ちょっと会社のことで抜けます。
良雅　じゃあ、今日はもうこれくらいにしましょうか。
小笠原　雅生君がいなくてももっとやろうよ！　今、久美子さんに軽食、買いに行ってもらってるから。
綾奈　小笠原さん、楽しそう。
小笠原　分かる？　楽しいんです。じつに、楽しいんです。こんなに楽しいこと、ずっとなかったんです。

良雅　ちょっとオーバーじゃないですか？

小笠原　人生はうんざりするぐらい長いって思ってたのに、楽しいことがあったんです。さあ、やりましょう！

×　×　×

雅生　録音を聞き直して落ち込まない！　落ち込む暇があるなら練習！

良雅　はい！

雅生　どうしても悲しい気持ちになる時は、なる時は？

綾奈　『ロックの神様、降りてこい！』と祈る。

雅生　『ロックの神様、降りてこい！』

全員　『ロックの神様、降りてこい！』

綾奈に光が集まる。

綾奈　そして、あっと言う間にレインボー・フェスティバル当日。

雅生　にはまだならない！

明かり広がる。

綾奈　えー。
雅生　練習！　練習！
綾奈　そんなー。
雅生　いいか。グランプリを取らない限り、二人の交際は絶対に認めないからな！
綾奈　パパ！
良雅　パパ！
雅生　（良雅をにらむ）

再び、綾奈に光が集まる。

綾奈　そして、本当に5日間が過ぎた。私達一人一人が一番大切にしているものは、みんな違う。篠崎さんは篠崎さんの夢を、私は私の夢を。久美ちゃんも小笠原さんもパパも、違う夢を持っている。でも、私達はバンドになった。たった一曲を演奏している間、私達は、みんな違って、ひとつになった。……いよいよ、
全員　（久美子以外）フェスティバル、当日！

暗転。

25

明かりつくと、久美子と小笠原がいる。
久美子はそれなりに着替えている。
出場者控室。

久美子　慎一郎さん、本当にありがとうございます。慎一郎さんのおかげでここまで来れました。
小笠原　どうしたの？　あらたまって。

久美子、小さなバッグを出す。

久美子　これ。
小笠原　なんですか？
久美子　５００万円です。
小笠原　えっ⁉
久美子　振り込もうかなって思ったんだけど、どうしても直接、渡したくて。

小笠原　いや、久美ちゃん。コンテストはこれからなんだよ！　結果によっては、レコード会社にお金が必要になるかもしれないんだよ。
久美子　ここからは篠崎君本人の問題。これ以上、慎一郎さんとデービッドに迷惑はかけられないから。どうか、このお金、ミュージカルに使って下さい。
小笠原　久美ちゃん。
久美子　このお金は、私達の未来のために使いたいの。
小笠原　未来……。
久美子　じゃ、私、準備するね。

久美子、去る。
小笠原、バッグを見つめ、そして、

小笠原　……（つぶやくように歌う）そうだよ。これが最後の恋。すべて投げ捨てておいで。この胸に。いつか、

と、立国電気の若狭社長と秘書、それに大会スタッフ、記者1がやってくる。

スタッフ　みなさん！　コンテストをサポートしていただいてる立国電気の若狭社長です。

ステージ用の衣裳の途中の格好で、雅生と良雅が出てくる。
続いて、久美子も出てくる。

若狭　こんにちは。コンテストをサポートさせていただいております、立国電気の若狭です。今日はみなさんの演奏を心から楽しみにしています。

久美子　ありがとうございます。「サポート企業賞」のスーパーマッサージチェア『天国気分』が欲しいです。

若狭　立国電気はレインボー・フェスティバルの趣旨に賛同し、自由と人間の絆を大切にしています。それでは、のちほど。

一行、去る。

久美子　意外と若い社長さんねえ。
小笠原　二代目だ。何が自由と人間の絆だ。何も知らないくせに。
久美子　どういうこと？
小笠原　いや、なんでもない。

と、ステージ衣裳に着替えた綾奈が飛び込んでくる。

綾奈　ねえ！　大変！　これ見て！

良雅　どうしたの？

雅生　どうしたんだ⁉

綾奈　バンドのプロフィール。

小笠原　！

全員が綾奈のスマホを見つめる。

小笠原、綾奈達が文章を読んでいる間に、どうしようか焦り、ためらい、そして、バッグを持ったまま去る。

綾奈　（読む）『篠崎良雅と愉快な仲間達フューチャリングウィズ元気一発納豆』バンドメンバーが全員、セクシャルマイノリティー。レインボー・フェスティバルのために出会ったような私達。

良雅　（読む）ドラムはレズビアン。ベースはゲイ、キーボードとサックスはトランスジェンダー、ボーカルはバイセクシャル。

雅生　（読む）ＬＧＢＴ奇跡のコラボ。ごきげんなＬＧＢＴサウンドをお楽しみ下さい。

全員　（驚きの声）
良雅　ＬＧＢＴサウンド⁉
久美子　ねえ、どういうこと？　全然、分からない。
雅生　誰？　誰がこんなプロフィール書いたの？
久美子　……慎一郎さん。

全員、ハッとして周りをみる。
小笠原はいない。

久美子　え⁉　どこ？
雅生　どこに行った⁉
久美子　さっきまでここにいたのよ。
雅生　……そういうことか。
綾奈　なに？
雅生　ＬＧＢＴのバンドだから、水準が高いコンテストに参加できたんだ。
久美子　だって、家族の絆だから、
雅生　それじゃあ弱いと、ずっと思ってた。
綾奈　小笠原さんが嘘を書いたってこと？

雅生　それしか考えられない。

久美子　そんな⁉

良雅　これってレインボー・フェスティバルをバカにしてることになりませんか？

綾奈　そうよね。バレたら大騒ぎになるよね！

雅生　大変なことになるな。

久美子　慎一郎さんに何か考えがあるんじゃないの？

綾奈　どんな⁉

久美子　そんなの聞いてみないと分からないわよ。

雅生　探そう！

三人　（それぞれに返事）

雅生、良雅、綾奈、走り去る。
おろおろと去る久美子。

26

バッグを持って歩いている小笠原。
と、大会スタッフが小笠原を止める。

スタッフ　あ、小笠原さん。『篠崎良雅と愉快な仲間達フューチャリングウィズ元気一発納豆』、楽しみにしてますよ。
小笠原　ありがとうございます。

スタッフの後ろに若狭社長と新聞記者1とカメラを持った記者2。

スタッフ　若狭社長。こちらが今話していたLGBTのバンドのメンバーです。
若狭　立国電気の若狭です。コンテスト参加、本当にありがとうございます。
記者1　毎朝《まいちょう》新聞の者なんですが、お二人の会話を記事にさせていただいてもよろしいですか?
小笠原　あ、いや、
スタッフ　ぜひ、お願いします。

記者2はカメラを構え、適時、撮る。

記者1　若狭社長はレインボー・フェスティバルの力強い理解者なんですよね。
スタッフ　立国電気さんのようなナショナルブランドがサポートして下さることで、フェスティバルが多くの人に広がるんです。
若狭　いえいえ、立国電気は昔から弱い者の味方ですから。
記者1　素晴らしいです。
記者2　世界中の企業が立国電気のように優しい会社になればいいんですよねえ。（小笠原に）そう思いませんか？
小笠原　（シニカルに笑う）
記者1　なんですか？
小笠原　どうでしょうねえ。立国電気さんにボロキレみたいに切り捨てられた下請けの会社もあるんですよ。倒産して経営者は自殺寸前までいったそうですよ。
スタッフ・記者達　えっ……。
若狭　はて、弊社では、そんな話は聞いたことはないですね。
小笠原　お父さんの代の話ですからね。
若狭　いえ、父の代でもそんな話は聞いたことがないですね。立国電気は、常に下請けさんを大記者1　切に、思いやりと絆が創業以来の経営理念ですから。
　そうですよねえ。レインボー・フェスティバルに多大な協力をなさっているぐらいですもんねえ。
小笠原　立国電気さんは素晴らしいです。
記者2　切ったんだよ。突然、一方的に、当然みたいな顔して。社長は、安い所から買うのは当り前だって言ったよ！
若狭　言いがかりはやめて下さい。もし、弊社がその下請けさんを切ったとしたら、それなりの事情がその会社にあったんじゃないですかね。
小笠原　なんの事情もないよ！　全部、そっちの都合だよ！　ただの金儲けのためだけに（切ったんだよ！）
スタッフ　さ、若狭社長、行きましょう。他にもご紹介したいバンドがたくさんあります。
記者2　さあ、行きましょう。

スタッフ、若狭を導く。
共に去ろうすとる記者1に、

小笠原　潰された会社の名前、教えてもいいぜ。本当のことなんだ。
記者1　そんなの、当り前じゃない。

小笠原　えっ？

記者1　大企業が下請けを切るなんて珍しくもなんともないわよ。ビジネスなんだから。いい歳して青臭いこと言ってんじゃないわよ。

小笠原　青臭い……。

記者1　大人なんだからさ、この世界のルールぐらい分かるでしょう。

記者1、去る。

小笠原も去る。

27

集まってくる雅生、良雅、綾奈、そして久美子。

雅生　どう⁉
良雅　いません。
綾奈　どうしよう。あと30分で出番よ！
久美子　どうしたらいいの⁉
雅生　（ハッと）ねえ、母さん。まさか、渡した？
久美子　えっ。
雅生　渡したの⁉　いつ⁉
久美子　出資したのよ。
雅生　いつ⁉
久美子　さっき。
雅生　さっき⁉

と、そこに記者1と記者2が現れる。

記者1　あ！　すみません！『篠崎良雅と愉快な仲間達フューチャリングウィズ元気一発納豆』のみなさんですね。

綾奈　はい。

記者1　インタビューいいですか？

記者2　写真もお願いします。

四人　（戸惑いの声）

記者1　素敵なキャッチフレーズですよね。「ＬＧＢＴであることに、メンバー全員が誇りを持っています。どんどん取材して下さい。私達は胸を張って、自分達の音楽を発信します」

四人　（驚きと戸惑い）

記者1　そもそも、どんな風に知り合いになられたんですか？

四人　……。

記者1　きっかけは？

記者2　どういう出会いだったんですか？

良雅　……嘘なんです。

三人　！

記者1・2　えっ？

良雅　その文章、嘘なんです。
記者1　あの、マスコミにカミングアウトしたくないってことでしたら、配慮しますが。
記者2　写真もやめますけど。
良雅　いえ、そもそも、嘘なんです。
記者1　そもそも、嘘？　言ってる意味が分かりませんが。
綾奈　篠崎さん……。
良雅　僕達は、LGBTじゃないんです。
記者1・2　えっ。
良雅　全部、嘘なんです。
記者1　……じゃあ、なんでこんなこと書いたんですか⁉
記者2　どうして⁉
綾奈　いえ、それは、私達じゃなくて、
記者1　私達じゃなくて？
四人　……。

記者2、走り去る。

記者1　誰がなんのために書いたんですか？

久美子　あの……。
記者１　まさか、出場するために、嘘をついたんですか？　それ、大問題ですよ！　ＬＧＢＴの人達をバカにするにもほどがありますよ！
綾奈　そんなつもりじゃなかったんです！

記者１も走り去る。

綾奈　ちょっと！
久美子　いいの？　これでいいの？
良雅　嘘はダメです。
綾奈　でも、
良雅　嘘ついて歌は歌えません。
雅生　……。

記者１・２、スタッフをつれて戻ってくる。

スタッフ　ちょっと！　嘘なんですか⁉　出場するために、ＬＧＢＴだって嘘をついたんですか⁉
四人　……。

スタッフ　信じられない！　なんて人達なんだ！　あとで必ず問題にしますからね！　嘘つきは出て行くんです！　出て行け！　さあ、早く！

と、小笠原が登場。

小笠原　ひどいなあ。嘘なんかついてないですよ。
全員　えっ？
小笠原　（スタッフと記者に）みなさんには自分の性的指向と性自認が一生変わらないという確信がおありなんですか？
記者1・2・スタッフ　えっ？
小笠原　私の知人は50歳を過ぎて、突然、自分がゲイだと気付きました。別の友人は、40代でゲイからトランスジェンダーに変わりました。人間は変わります。性的指向や性自認が永続的で固定的だと決めつける所から、性差別が生まれるんです。レインボー・フェスティバルに関わりながら、そんな基本的な事実も知らないんですか？
スタッフ・記者1・2　（戸惑いの反応）
小笠原　人間は多様で複雑です。だからこそ、人間は素晴らしい。今現在、ＬＧＢＴであるかどうかなんてささいなことです。大切なのは、人間の多様性、Diversity（ダイバーシティー）なんです。そう、Diversity！

小笠原、繰り返すように指示する。

スタッフ・記者1・2　（思わず）ダイバーシティ。

小笠原　グー。『篠崎良雅と愉快な仲間達フューチャリングウィズ元気一発納豆』は人間の多様性を、Diversityを歌いあげるバンドなんです。全然、大丈夫。さあ、歌いましょう！

スタッフ　大丈夫じゃないです！　ダメです！　出場停止です！

記者1・2　ダメです！

小笠原　ダメ？

久美子　そんな……。

記者1　当り前でしょう！

スタッフ　出て行け！　あんた達全員、大嘘つきだ！

雅生　全員じゃありません。

全員　えっ？

雅生　僕は嘘をついていません。

久美子　！

雅生　僕は嘘をついていません。……僕はゲイです。

全員　！

雅生　ずっと隠してました。認めるのが怖くて、結婚もしました。結婚したら、変わるかもしれないと、自分に嘘をつきました。ずっと自分で自分をだましてきたんです。

綾奈　（驚愕して）パパ……。

久美子　でも、母親の私は分かってました。だから、息子がカミングアウトしやすいように、みんなにLGBTだと名乗ってもらったんです。

雅生　えっ。

綾奈・良雅・小笠原　えっ⁉

三人（スタッフ・記者1・2）　えっ。

雅生　母さん……。

綾奈　（慌てて）そう、そうなんです。

久美子　雅生さん。あなたに楽になって欲しかったんですよ。

雅生　（混乱して）そんな……。

小笠原　そうです。自分に嘘をついてずっと演じ続けるのは、本当に苦しいことです。

久美子　（スタッフに）ごめんなさい。大切なレインボー・フェスティバルを、息子のためとは言え、こんな形で利用してしまいました。本当にすみませんでした。

綾奈・良雅・小笠原　すみませんでした！

スタッフ　あ、いや、そういうことなら……

久美子　そういうことなら？

スタッフ　いえ、ダメです。他の人は嘘をついたんですから。出て行って下さい。
良雅　歌うだけ歌わせてくれませんか。
スタッフ　えっ？
良雅　コンテストにエントリーできなくていいですから。（示して）雅生さんが作った曲なんです。今日、どうしても歌いたい曲なんです。今日のための曲なんです。今日のためにみんなで一生懸命練習した曲なんです。
雅生　篠崎君……。
良雅　コンテストやグランプリのためじゃなくて、歌いたいんです。
綾奈　コンテストのおまけというか、つなぎというか、付け足しというか、そんな感じで。
小笠原　今日、歌うことが必要なんです。どうしても今日、歌いたいんです。
久美子　「サポート企業賞」も諦めますから。
雅生　お願いします、歌わせて下さい。
良雅　お願いします。
綾奈・久美子・小笠原　お願いします！
スタッフ　まあ、そういうことなら……（記者1・2に）ねえ。
記者1・2　まあ……（とうなづく）
五人　ありがとうございます！
綾奈　準備します！

5人、走り去る。

スタッフ　……なんか、勢いで丸め込まれた？
記者1・2　うん。（と、うなづく）

暗転。
演奏している他のバンドの音が聴こえてくる。
明かりつく。
綾奈が飛び出し、すぐに雅生が止める。

雅生　綾奈！
綾奈　なに？
雅生　いや、あの、その……
綾奈　……パパはパパだよ。
雅生　！
綾奈　さあ、急いで！

綾奈、準備に走る。
雅生、追いかける。
すぐに別空間に小笠原と久美子が見える。

久美子　なに？
小笠原　久美ちゃん。このお金、返す。
久美子　どうして⁉
小笠原　人生で一番大切なものが、チャリティー・ミュージカルじゃなくなったんだ。
久美子　え⁉　じゃあ、なんなの？
小笠原　僕の人生で一番大切なものは、久美ちゃんだ。
久美子　……男の人が突然甘過ぎることを言う時は、何か後ろめたいことがある時よね。
小笠原　何言ってるんだよ。
久美子　……どっか行っちゃうの？
小笠原　えっ……。
久美子　私、慎一郎さんと一緒なら、どんな苦労も平気だよ。
小笠原　いや、事情があって、お金とか謝罪とかいろいろと、
久美子　私、株始めるの。絶対に儲けるから。チャリティー・ミュージカル、必ずやろうよ。
小笠原　待ってってくれる？

久美子　だから、一緒にがんばるの。
小笠原　……久美ちゃん。結婚しよう。
久美子　前から言ってる。
小笠原　もう一回言いたかったんだ。

小笠原、久美子を抱きしめようとすると、

久美子　(突然)あ！　始まる！

久美子、慌てて、走り去る。
小笠原、追いかけながら、

小笠原　久美ちゃん。

小笠原、去る。
フェスティバルに集まる群衆の映像が映される。
アナウンスが聞こえてくる。

アナウンス　次は特別なおまけ。『篠崎良雅と愉快な仲間達フューチャリングウィズ元気一発納豆』のみなさんです。

バンド名に笑い声とざわつきが高くなる。
群衆の映像が続く。

良雅（声）　みんな、準備はいいですか？
綾奈（声）　篠崎さん！　あたし、やりたいこと見つかりました！
良雅（声）　なに？
綾奈（声）　インディーズレーベルを作って、バンドをプロデュースするの！
良雅（声）　いいねえ！　インディーズレーベルの社長だね！
綾奈（声）　はい！　じゃあ、パパ、行くよ！
雅生（声）　グランプリは関係なくなったから、二人の交際は絶対に認めないからな。
綾奈・良雅（声）　パパ……。
雅生（声）　行くぞー！　元気一発納豆！

全員の姿が光の中に浮かび上がる。
全員、バラバラの派手な衣裳に着替えている。

演奏が始まる。

M8『LIAR'S MASK』[Reprise]（作詞　森雪之丞　作曲　河野丈洋）

良雅　神様はどうして
僕らに言葉と
嘘つくことを
教えたんだろう

どの会話も
真実だけなら
たぶん諍いの
絶えない世界に

良雅・雅生　だから嘘はひとつの愛
でももう疲れた

雅生　ありのまま生きてみたい
もし誰かを傷つけても迷わず

何も演じない僕でいたい
さぁ偽りの仮面を取れ

良雅　棄てた夢が真夜中
胸を掻き毟る
大人のフリをして
自分騙してた罰のようだね

小笠原のサックスのソロ。
続いて、綾奈のドラムが加わる。

小笠原　そうさ嘘はひとつの愛
でももうやめよう

良雅・雅生・小笠原　ありのまま生きてみたい
もし今より傷ついても微笑み
何も怯えない僕でいたい
さぁありったけの勇気を出し

全員　ありのまま生きてみたい
もし今より傷ついても微笑み
何も怯えない僕でいたい
さぁ　ありったけの　勇気を出し
偽りの仮面を取れ

ありのまま生きてみたい
もし今より傷ついても微笑み
何も怯えない僕でいたい
さぁ　ありったけの　勇気を出し
偽りの仮面を取れ

紙吹雪が舞い上がる。
全員の喜びの顔。
そして、暗転。

完

地球防衛軍　苦情処理係

ごあいさつ

ツイッターで何度か炎上しています。それは誤解だと思った時もあるし、言葉足らずだったと反省した時もあります。

今でも、時々、以前のツイートに言及されて攻撃されることがあります。書いたのは、何カ月か何年か前でも、読んだ人にとっては、まさに今書かれたものとして受け取るのでしょう。

ツイッターは、時系列で過去になっていくものですが、それは原則であって例外はたくさんあります。

炎上した時、一番胸を突き刺したのは「汚い言葉」でも「罵倒の言葉」でもなく、答えても答えても終わることなく生まれてくる「今、読んだ人」の存在でした。

Aというツイートをして炎上し、それに対して「いえ、こういう意味です」とBというツイートを返して、「そんな意味には取れなかった」とCというリプが返ってきて、Dというツイートをまた返してと、会話が続くことは、僕には何の問題もありません。それが、少々のきつい言葉でも（もちろん傷つきますが）、ちゃんと対話しているという気持ちになります。そういうやりとりをして、AというツイートからJとかKとかに続いていったりします。

その時、Dというツイートをしていると、Aというツイートを読んだ人から「罵倒の言葉」が飛んで来るのです。その人に「いえ、それはこういう意味です」とBのツイートを返しているうちに、またAのツイートを「今、読んだ人」から「非難の言葉」が飛んで来るのです。

最初の対話がMまでのやりとりだったとしたら、その間に、それこそ無数の「今、読んだ人」からの突っ込みが来るのです。

Aというツイートに対する返事は、もう10回以上答えたと思っても「今、読んだ人」からの「批判の言葉」の誤解を解かないと「無視した」「逃げた」と思われて、攻撃の表現はどんどんエスカレートし、炎上は拡大していくのです。

また、Dというツイートだけを「今、読んだ人」も、突然、前後の話に関係なく、突っ込んで来ます。文脈を無視して、ただDというツイートを攻撃するのです。

「今、読んだ人」の相手は僕一人ですが、僕にとっては「今、読んだ人」は無数に現れて、だんだんと誰に向かって話しているのか、誰に何の話をすればいいのか分からなくなるのです。

これが一番、絶望しました。まるで、降ってくる雨を一粒残らず受け止めろ、と言われてるような気持ちでした。


この前、ツイッターで「絶対に炎上しない方法」を指南している人がいました。

それは「意見を表明しない」ということでした。お店に入ったら「お店に行った」ということしか書かない。「不味（まず）い」はもちろん「美味しかった」も書かない。

ネガティブもポジティブも書かない。ただ事実だけを書く。

それで、某有名アスリートは、100万人以上のフォロワーがいるが、一度も炎上したことがないと説明されていました。優秀なコンサルがついているのだろうと。

すごいなと思いました。僕は「不味い」は書きませんが、「美味しい」は書きたくなります。いい映画や芝居を見たら「感動した」と書きたくなります。

某有名アスリートさんを指南するコンサルさんは、「ツイッターは自己表現ではない。宣伝ツールである」と割り切っているのでしょう。

一度書き込んだら、なかなか消えない「デジタル・タトゥー」という表現はツイッターだけではなく、スマホ（ネット社会）の危険を見事にしめしています。

けれど私達はスマホを手放すことはないだろうと思います。あまりに便利で、あまりに簡単に快楽を手に入れることができる。伝統的な表現だと「麻薬」のようです。で、麻薬ですから、当然、自分の身を滅ぼす可能性があるのです。とすれば、「医療大麻」のように、スマホとの適切な距離を見つけるしかないと思っているのです。

スマホ（およびネット社会）は、「自意識」を拡大させ、「承認欲求」に拍車をかけたと僕は思っています。「正義の言葉」を広めた、ということも今回の芝居のインタヴューであちこちで言いました。

そして、もうひとつ、スマホ（ネット社会）は、「一人一人は違うんだ」ということを「見える化」したんだと思うのです。

それは、人間に対する絶望を生みました。ツイッターのつぶやきや炎上や反応によって「こんなことを言える人間がいるんだ」「どうしてこんなことができるの⁉」「こんな奴は人間じゃない！」という発言や表現にぶつかるようになりました。今まで見えなかった「人間の悪意」や「愚かさ」がネットによって可視化（見える化）されたのです。そして、ゆっくりと着実に、人間は人間に絶望しているのです。

でも同時に、「LGBTQ+」や「貧困」「差別」「夫婦別姓」などの問題で、「苦しんでいるのは自分だけじゃない」「一人一人に事情があるんだ」「平均とか普通とかは嘘なんだ」ということも、スマホ（ネット社会）によって広がっていると思っているのです。

これは希望です。「生きていていいんだ」という希望です。

人間は、希望より絶望に敏感になりがちですが、僕は「51対49」で、スマホ（ネット社会）がもたらしたものは希望が大きいと思っているのです。

「その根拠はなんだ？」と問われると、その根拠を明確に、強固にしたいから、僕は表現活動を続けているのだと答えるのです。

今日はどうもありがとう。この作品を、かつて子供だった大人に捧げます。

怪獣とヒーロー、好きでしたか？

好きだった人もそうでなかった人も、ごゆっくりお楽しみ下さい。んじゃ。

鴻上尚史

登場人物

深町《ふかまち》 航《わたる》
松永日菜子《まつながひなこ》
遠藤陽人《えんどうはると》
竹村健司《たけむらけんじ》
瀬田勇作《せたゆうさく》／ゾーン・チーフ
住民1・2・3・4・5・6
まゆ
アナウンサー
パイロット黒子
怪獣黒子
住民A・B・C・D
榎戸《えのきど》指令
記者1・2・3
被災地声1・2・3・4

警官
母・娘
佐々木
住民あ・い・う・え
住民カ・キ・ク
橋本
保育園児1・2・3・4・5・6
評論家男
スピリチュアル系女
怪獣ギガガラン
ハイパーマン
メガバロン
アートン星人

＊実際の上演では、アンサンブルは6名で演じた。住民は、なるべく、多様な人達がいるように見えることが望ましい。

1　街

客席の明かりが落ちる。
暗闇の奥から、かすかにドシーンッという音が響き始める。
やがて、その音はだんだんと大きくなり、地面を震わせる。
突然、怪獣ギガガランの大きなシルエットが舞台一杯に映される。
同時に、怪獣ギガガランの咆哮《ほうこう》。
続いて、客席通路より、

住民1　怪獣だ！
住民2　（悲鳴）
住民3　逃げろ！
住民4　ギガガランだ！
住民5　（悲鳴）
住民2　助けて！
住民6　早く！

住民4　逃げろ！

と叫びながら、住民達が飛び出て舞台に駆け上がる。
ギガガランの足音と咆哮が続く。
住民達、興奮して右往左往。怯えてうずくまる奴もいれば、恐怖に呆然とする奴もいる。
アナウンサーの声が聞こえてくる。

アナウンサー（声）　本日午後4時43分、新宿区代々木地区に突然、巨大不明生物34号、通称ギガガランが現れました！　該当地区にお住まいの方は、至急避難して下さい。地球防衛軍の発表によりますと、巨大不明生物34号、通称ギガガランは、進路を北西に進み、新宿都庁方面に向かっています。該当地区のみなさんは、至急、避難して下さい！　繰り返します！

と、地球防衛軍のユニフォーム姿の遠藤陽人と深町航が現れる。

遠藤　みなさん！　はやく避難するんです！
深町　ただちに、避難して下さい！
住民3　お前達は、地球防衛軍の陸戦隊か！

住民1　ロケットランチャーを撃つのか！
住民4　それとも戦車か？　大砲か！
住民5　とにかく、はやく撃って！
住民2　怪獣、倒してよ！
深町　いえ、我々は、
遠藤　（自慢気に）地球防衛軍、
深町　（正確に伝えようと叫ぶ）苦情処理係です！
全住民　地球防衛軍、苦情処理係⁉
深町　はい！　みなさんの被害と
遠藤　苦情が少しでも減るように
深町　こうやって、避難を
遠藤　誘導しているのです。
深町　充分、気をつけて下さい。（と、去ろうとする）
住民5　ちょっと、それだけ？
深町・遠藤　えっ？
深町　それだけ、と言いますと？
住民5　そんな格好して、怪獣と戦わないの？
住民1　怪獣を倒すために来たんじゃないの？

住民3　まず怪獣と戦うのが仕事だろ？
深町　違います。我々は、
遠藤　（自慢気に）地球防衛軍、

と、戦闘機が飛ぶグワッーという音が響く。

住民1　地球防衛軍の航空隊だ！
住民2　来たー！
住民3　頼むぞ！
住民4　怪獣をやっつけろ！
住民5　やっつけてー！
住民6　ミサイル、ぶちかませ！

ミサイルの発射音。
全員、ミサイルを目で追う。
すぐに、爆発音。

住民1　ああ！　地球防衛軍のミサイルが、

住民2　新宿ルミネを爆破した！
住民5　ダメじゃないの！　地球防衛軍が街を壊したらダメでしょう！
住民3　ちゃんと怪獣、狙えよ！
遠藤　みなさん、地球防衛軍航空隊は、がんばっています！
住民4　ビル壊して、何言ってるんだよ！
深町　もし、何か苦情がありましたら、地球防衛軍、苦情処理係にお電話かメールを下さい！
私達は、
遠藤　（自慢気に）地球防衛軍！
深町　（正確に叫ぶ）苦情処理係です！

その瞬間、音楽！

住民の抗議する姿と、それをなだめる深町と遠藤の動きが、ダンスのようなもので現される。

やがて、全員が近づく怪獣を見上げて暗転。

タイトルが出る。

『地球防衛軍　苦情処理係』

タイトルが終わると、

「4時間前」の文字。

そして、暗転。

2　苦情処理係ルーム

テーブルを挟んで、興奮している竹村と、恐縮して聞いてる深町が見えてくる。
竹村は、コートを着ている。

竹村　何言ってるんだよ！　全然、足らないじゃないか！
深町　いえ、ですが、これが法律で決められた補償金額なんです。
竹村　たった３００万の補償で満足しろって言うのか⁉　お前は家を壊されて、３００万円もらって納得するのか⁉
深町　怪獣は、地震や津波などの自然災害と同じ扱いなんです。ですから、怪獣によって生まれた被害は、災害対策基本法の補償金額が限度なんです。
竹村　そんな法律、間違ってるだろ！　全損で、最高３００万て、なめてんのか⁉　家一軒丸々壊されて、３００万でどうしろってんだよ⁉
深町　すみません。落ち着いて下さい。
竹村　落ち着けるか！　お前、他人事《ひとごと》だと思ってるだろ？　だから、そんな金額を平気で言えるんだ！

深町　違いますよ。あの、保険には入っていらっしゃらなかったんですか？
竹村　火災保険には入ってたよ。でも、火災保険じゃ、金は出ないって言うんだよ！
深町　ええ。地震や津波、そして怪獣の被害については、火災保険では、免責事項となります。そうではなくて、怪獣特約です。
竹村　怪獣特約？
深町　地震には地震特約。怪獣には怪獣特約。
竹村　いつやって来るか分からない怪獣のために怪獣特約なんて、普通、入るか？
深町　今は、一カ月に一体は、巨大不明生物、つまり怪獣が現れる時代じゃないですか。３年前からそうでしょう？
竹村　そんなことは知ってるよ！　だけど、まさか、自分のところに現れるなんて思ってなかったんだよ。
深町　ちょっと、油断しちゃいましたね。
竹村　責めてんのか？　怪獣特約に入ってなかった俺が悪いのか⁉
深町　いえ、責めてるわけでは……。
竹村　（さらに凄んで）あのさあ、そこまで俺を責めるんなら言うけどさあ、
深町　責めてないです！
竹村　油断したって責めただろう！　いいか。怪獣にやられたんなら、しょうがねえよ。３００万でも我慢してやるよ。でも、俺の家は、あきらかに地球防衛軍のミサイルにやられたん

だぞ。おたくのミサイルが家《ウチ》を壊したんだよ。テレビのニュースにはっきり映ってるんだからな！

深町　え⁉

人形劇のようなステージが持ち出される。数十センチの怪獣のミニチュア、そして、地球防衛軍戦闘機とミサイルを持ったパイロット黒子が登場。

戦闘機とミサイルは、針金のようなもので堂々と操作される。

ミサイルが戦闘機から怪獣に向かって発射される。

黒子1　バシュ！　ヒュンヒュンヒュン（とミサイルが飛ぶ）

黒子2　さっ。（と、怪獣が避ける）

怪獣を通りすぎて、ミニチュアの家にぶつかる。

黒子1　ドガーン！（家に当たったことに驚く）あー！

黒子二人、お辞儀して紙芝居を持って去る。竹村もつられてお辞儀する。

竹村　いいか！　お前んところのヘタクソなパイロットが、俺の家をぶち壊したんだ！　見ただろ！　俺の家は、怪獣じゃなくて地球防衛軍のミサイルに壊されたんだ！　地球防衛軍が弁償するのが当然だろ！

深町　ですから、申し上げましたように、怪獣に関する被害のすべては、地震や津波と同じ自然災害と考えられていまして、

竹村　ほお。津波は自然災害なんだよな。

深町　はい。津波は自然災害です。

竹村　だけど、原発事故は人災だろ？

深町　えっ？

竹村　原発の被害にあった人達を東京電力は補償してるよな。違うか？

深町　え、あの、

竹村　津波と怪獣は自然災害だ。だけど、原発事故と地球防衛軍のミサイルは人災だろ。原発とミサイルは人間が起こした間違いだ。天災じゃない。人災だろ！

深町　いいえ、怪獣によって派生したことは、すべて自然災害と考えるというのが災害対策基本法の考えでして、

竹村　お前、東京電力の人間がそう言ったら納得するのか？　津波に関することはすべて自然災害ですから、原発事故も自然災害です、東京電力は何も補償しませんって言ったら納得するのか⁉

深町　いえ、それは、あの、

竹村　絶対に納得しねえだろ！　ミサイルは人災だよ！　原発と同じ人災！　だから、東京電力が出したんだから、お前ら地球防衛軍も補償金出すのは当然なんだよ！　分かったか！

深町　いえ、それが……（ハッと）地球防衛軍は、お宅さまの家を壊そうと思ってミサイルを発射したわけではありません。怪獣を狙って、それがそれて、結果として、お宅さまの家に当たったわけです。家を壊そうとは思って（なかった）

竹村　当り前だ！　原発だって、人間が住めない故郷を気が遠くなる時間、作ろうと思って始めたんじゃないだろ。「明るい未来のエネルギー」って旗振って始めたんだよ。それが結果として、事故ったからって補償しなくていいのか？　こんなつもりじゃなかったら、どんな結果でも、補償しなくてもいいのか？

深町　いえ、それは、

竹村　「過失責任」ってのがあるだろ！　そんなつもりがあってもなくても、過失の責任を取らなきゃダメだろ！　常識だろ！　こんな簡単なことも分かんないのか⁉

深町　……。

竹村　お前、そもそも、謝る気持ちはないのか？

深町　えっ。

竹村　俺の家を吹き飛ばしたのは、地球防衛軍のミサイルなんだぞ。まず、謝るのが人間としての礼儀だろ。

深町　……すみませんでした。
竹村　自分達が悪いと認めるんだな。
深町　え。いえ、悪いということではなく、
竹村　悪いと思ってないのに、謝るのか⁉　嘘ついてるのか！　口からでまかせか⁉
深町　とんでもないです。
竹村　じゃあ、悪いと思ってるんだな！
深町　……ええ。
竹村　認めたな。お前達に責任があるんだな。じゃあ、賠償だな！
深町　いえ、それとこれとは、
竹村　悪いんだろ！　責任あるんだろ！　じゃあ、賠償だよ！
深町　いえ、ですから、
竹村　**（スマホを出して）**この会話、録音してるからな！
深町　えっ。
竹村　自分達が悪いって認めたよな。賠償だよな！
深町　そうではなくて、
竹村　嘘なのか⁉　口からでまかせの嘘を言ったのか⁉　ネットに全部、書くぞ！　地球防衛軍は嘘つきだ！　その場しのぎの嘘ついて、責任から逃げ続けてる。お前の顔もさらすからな！　一日で有名人になるぞ！

竹村、スマホをかざす。

深町　（手で顔を隠して）待って下さい！
竹村　お前じゃ、話にならない！　悪いと認めたんだから、責任者と話す！　責任者を呼べ！
深町　そうじゃないんです！
竹村　嘘つきはもういい！
深町　嘘つきじゃないです！
竹村　責任者を呼べ！
深町　冷静になって下さい！
竹村　責任者を呼べー！　呼べー!!（急に冷静になって）はい、終了。
深町　えっ。

と、遠藤陽人が出てくる。

遠藤　深町～。進歩しないね～。興奮しながら「冷静になって下さい」はないだろ～。
深町　……すみません。竹村さん、もう一回お願いします！

竹村、コートを脱ぐ。
地球防衛軍の制服を着ている。

竹村　もうヤダよ。何時間やってると思ってるんだ。
深町　次はちゃんとしますから。もう一回、もう一回だけお願いします。
竹村　ダメ。あー、疲れた。俺、ちょっと外出てくるから。瀬田さんには、適当に言っといて。

竹村、去ろうとする。

深町　竹村さん、せめて何がまずかったか教えて下さい！
竹村　めんどくさいなあ。（遠藤を見て）遠藤、何か分かるか？
遠藤　……全面的に謝ったことですかね。
深町　全面的……（ハッとする）
竹村　お前だったら、なんて言うんだ？
遠藤　「すみませんでした」じゃなくて、「ご迷惑をおかけしてすいませんでした」とか「悲しい思いをさせてしまい、申し訳ありませんでした」とか、限定して謝ります。全面的に謝るのは、自分達の過失を認めたことになりますからね。
深町　そうでした……。

遠藤　苦情の最初に、とりあえず限定して謝る。苦情処理の基本のキじゃないですか？
竹村　頼もしいねえ。さすが、航空隊の試験を4回も落ちただけのことはある。
遠藤　（ムキになって）3回です。
竹村　じゃあ、お前が「シュミレーション・トレーニング」の相手、してやれ。
遠藤　僕は無理ですよ。竹村さんの気が遠くなるようなねちっこい展開は、誰も真似できません。
竹村　バカにしてる？
遠藤　1万パーセント、ほめてます。
深町　すみません。原発の譬《たと》えに混乱して、忘れていました。
遠藤　そうです。竹村さん、ミサイルは原発だ、だから補償しろって言われたら、なんて答えればいいんですか？
竹村　原発は安全だって嘘ついたから、補償するんだよ。ミサイルは、誰も安全だなんて言ってない。巻き添え食うかもしんないから逃げろって言ってるよ。
遠藤　なるほど……。
竹村　それだけか？
深町・遠藤　えっ？
竹村　一番、問題なことがあるだろう。
深町　一番……。
遠藤　「ですが」とか「いいえ」とか、反論の言葉を使ったことじゃないですか？

深町　「油断しちゃいました ね」って相手を否定したことですか？

竹村　お前ら、全然、ダメだな。二人とも苦情処理係、向いてない。やめた方がいいんじゃないか？

深町・遠藤　……。

竹村　いや、お前らがやめたら、俺の仕事が増えるか。それは嫌だな。……深町、お前、俺の証言を確かめたか？

深町　は？

竹村　ニュースに映されていた家が本当に苦情言ってる人間の家で、本当に全損か、確かめたか？

深町　えっ。それは、だって、

竹村　だって、なんだ？　地球防衛軍が民家にミサイルをぶっ放す映像なんて、今どき、どこにでもあるんだ。被災したって平気で嘘つく奴はゴロゴロいるんだ。

深町　そんな……。

竹村　奴らは、とにかく金なんだよ。地球防衛軍が出す「特別罹災《りさい》証明書」を手に入れるためなら、なんでもする。腐った奴ばっかりだよ。

深町　竹村さん。それは言い過ぎじゃないですか。被害を受けた時は、絶望したり興奮してるから、汚い言葉を使うかもしれませんが、根本《こんぽん》は、みんな苦しんでいる人達です。

竹村　……。

深町　被害を受けた人の立場に立ち、寄り添うのが私達の仕事じゃないんですか？
竹村　……じゃあ、そうしろ。腐った奴らを慰めろ。

竹村、去ろうとする。

深町　竹村さん！

と、瀬田勇作が、松永日菜子を連れて入ってくる。
瀬田は地球防衛軍の制服姿、松永はユニフォーム姿。

瀬田　みんな、聞いてくれ。今日から一緒に働いてもらう、松永日菜子さんだ。
日菜子　松永日菜子です。地球防衛軍で働けるなんて、とても光栄です。よろしくお願いします。
遠藤　よろしく！
深町　よろしく。
竹村　（軽い会釈）
瀬田　松永さんは、バイトだがやがては正規職員になってもらいたいと思ってる。
竹村　はあ⁉
遠藤　よく予算が出ましたね。

瀬田　女性がいないと、「PR活動」ができないと主張した。
日菜子　「PR活動」？
瀬田　苦情処理係を広く知ってもらう大切な活動だ。
遠藤　うん。（松永さんは）ぴったりじゃないですか。

と、テーブルの上にある4台の電話のうち、ひとつが鳴る。

深町　はい。地球防衛軍、苦情処理係です。

別空間に、スマホで話している女子高生のまゆが現れる。

まゆ　瀬田さん、お願いします。
深町　はい。瀬田さん、2番にお電話です。（と、転送の仕種）
瀬田　誰からだ？
深町　あ、すみません。
遠藤　深町〜、そういうところがダメなんだよ。

瀬田、電話に出る。

瀬田　はい。瀬田です。
まゆ　人殺し。
瀬田　……（口を開こうとする）

まゆ、言葉を待たずに一方的に切って去る。

深町・竹村・遠藤　？
遠藤　どうしたんです？
瀬田　なんでもない。竹村、松永さんを任していいか。
竹村　勘弁してくれませんか。今日は、深町の「シュミレーション・トレーニング」でヘトヘトなんです。深町、全然、進歩しないから。
深町　すみません。
瀬田　じゃあ、遠藤。
遠藤　はい！
瀬田　松永さんに苦情処理係の基本レクチャーを頼む。
遠藤　イエッサー！（と、敬礼）
瀬田　深町、ちょっと話すか。

深町　はい。お願いします。

　　　と、深町を促して去る。

竹村　コーヒー、飲んでくる。

　　　竹村、反対方向に去る。
　　　興味深そうな顔でそれぞれを見ていた日菜子。

遠藤　分かってる?
日菜子　えっ?
遠藤　地球防衛軍だけど、苦情処理係なんだよ。地球防衛軍のごみ箱って言われてるんだよ。これ、上品な表現だからね。
日菜子　分かってるつもりです。
遠藤　じゃあ、どうして志望したの?
日菜子　どんな苦情が来るのか、知りたいんです。地球のために働いている人達に、苦情があることが想像できなくて。
遠藤　やめないでね。

日菜子　えっ？
遠藤　みんなすぐにやめちゃうから。熱意がある人ほどすぐやめるから。
日菜子　どうしてですか？
遠藤　すぐに分かるよ。
日菜子　あの、お名前は？
遠藤　遠藤。最初は、遠藤。親しくなったら、陽人《はると》ね。
日菜子　遠藤さんは、長いんですか？
遠藤　半年ちょっとかな。今年の四月入隊。一緒に入った奴は、すぐにやめちゃった。
日菜子　遠藤さんは、やめないんですね。
遠藤　俺には目的があるからね。
日菜子　目的？　なんですか？
遠藤　内緒だよ。
日菜子　えっ？
遠藤　俺は、地球防衛軍の航空隊に入りたいんだ。
日菜子　えっ？
遠藤　絶対に、『F－24（ツゥエンティー・フォー）サンダー』を操縦するんだ。知ってる？　最新鋭戦闘機。かっこいいんだよねえ。
日菜子　じゃあ、どうして、苦情処理係にいるんですか？

遠藤　さっきの瀬田隊長は、優秀なパイロットだったんだよ。だから、航空隊にコネがあるのね。瀬田さんに気に入られて、航空隊に抜擢してもらおうと計画してるんだ。
日菜子　航空隊に直接、入ればいいじゃないですか。
遠藤　うーん。3回ぐらい、「入りたいです」って言ったんだけどね、「結構です」って断られちゃったの。
日菜子　つまり、入隊試験に3回落ちたってことですか？
遠藤　素朴な顔で、ズケズケ来るね。地球防衛軍航空隊は、エリート中のエリートなのね。入るの、物凄く難しいの。慢性的に人手不足で、誰でも入れる苦情処理係とは全然、違うの。
日菜子　そうなんですか。

と、激しいアラーム音が鳴り響く。

日菜子　なんですか⁉
遠藤　怪獣だ。怪獣が出た！

遠藤、モニターをつけるアクション。男性アナウンサーが現れる。

男性アナウンサー　ただいま、地球防衛軍より発表がありました。本日4時43分、巨大不明生物第34号が、新宿区南新宿地区に出現しました。付近の住民のみなさんはただちに避難を開始して下さい。15分前後で、地球防衛軍の戦闘機攻撃が始まる予定です。なお、第34号の通称は、怪獣ギガガランと決まりました。

日菜子　ギガガラン⁉

遠藤　地球防衛軍のセンス、微妙なんだよね。

男性アナウンサー　繰り返します。新宿区南新宿地区に巨大不明生物34号、怪獣ギガガランが現れました。付近住民のみなさんはただちに避難して下さい。

瀬田、深町、竹村、飛び込んでくる。

遠藤　隊長！　どうしますか？

瀬田　隊長じゃない。瀬田だ。避難誘導と被害確認のために出動。

遠藤　ラジャー！（と、敬礼）

深町　瀬田さん。

瀬田　よし、深町も行くか。

深町　はい！

瀬田　気をつけろよ。

深町　深町航《ふかまちわたる》、初出動します！

日菜子　瀬田さん。私も連れていって下さい。
瀬田　いや、慣れてないと危険だ。松永さんはこの部屋でモニター監視。
竹村　竹村、待機して、苦情電話に備えます。
瀬田　……よし、出発。
深町・遠藤　はい！

瀬田、深町、遠藤、走り去る。

日菜子　深町さんは、初めての出動なんですか？
竹村　ああ。間違いなく、ショック、受けるな。
日菜子　……。

明かり落ちていく。

3　新宿地区

暗転の中、声が聞こえる。「怪獣だ!」「逃げろ!」「助けて—!」「(悲鳴)」などなど。

やがて、咆哮と共に怪獣ギガガランの姿が浮かび上がってくる。(ゴジラタイプの着ぐるみ)

ギガガランの足元には、ビル群。

同時に、カメラマン黒子が現れ、ミニカメラでギガガランの姿を撮り、それがリアルタイムでホリゾントに映される。

ホリゾントに映ったギガガランは巨大だ。

ヘルメットをかぶった女性アナウンサーが客席通路に現れ、ミニチュアのアナウンサー人形を、舞台のミニチュアのビルの屋上に置いて、話し始める。

女性アナウンサー　怪獣ギガガランは、南新宿方面より、真っ直ぐ、新宿都庁方面に近づいています。甲州街道は避難する人々の車で大渋滞です！　地球防衛軍の戦闘機はまだなんでしょうか⁉　このままでは、新宿は崩壊してしまいます！

瀬田が女性アナウンサーとは反対側の客席通路に現れる。

瀬田　落ち着いて避難して下さい！　慌てないで！　落ち着いて！

そのまま、通路の最前まで行く。が、舞台には上がらない。

と、ヘルメットをかぶったパイロット黒子が2人、小型の戦闘機を3機、操縦しながら登場。

女性アナウンサー　来ました！　地球防衛軍の戦闘機です！

瀬田　頼むぞ！

戦闘機は、迂回して、ギガガランの正面に回ろうとする。

女性アナウンサー　地球防衛軍航空隊、大きく旋回して、ギガガランの正面に回り込みます。

瀬田　え!?　違う！　その作戦は違う！

戦闘機からミサイルが放たれるが、ギガガランをそれて、新宿ルミネビルに当たる。

女性アナウンサー　ああ！　ミサイルは、ギガガランをそれて、新宿ルミネビルに当たりました。新宿ルミネビル、崩壊していきます！

ギガガラン、咆哮する。

女性アナウンサー　がんばれ！　地球防衛軍、航空隊！　怪獣ギガガランをやっつけろ！

瀬田　（周囲に）立ち止まらないで！　怪獣の行動は、予測不可能です。積極的に避難して下さい！　動画、撮ってる場合じゃないです！　逃げるんです！

遠藤と深町が客席通路に飛び出てくる。

遠藤　隊長！

瀬田　どうした、遅いぞ！

深町　すみません。住民を説得していました。

ギガガラン、近づいた戦闘機を1機、手で払い落とす。墜落する戦闘機。

女性アナウンサー　ああ！　地球防衛軍のF－24サンダーが一機、ギガガランにたたき落とされました！

遠藤　ああ！　F－24サンダーが！

女性アナウンサー　がんばれ！　航空隊！　負けるな！

遠藤　がんばれ！　航空隊！　ミサイルをぶち込め！

残った戦闘機２機、ギガガランの前に回り込む。

女性アナウンサー　F－24サンダー２機、旋回して、ギガガランの正面に回ります！

遠藤　行け！　行けー！　ミサイル、ぶっ放せー！

ミサイルを発射する。

ギガガランの身体に、小さく爆発の花が咲く。が、ギガガランには何のダメージもない。

咆哮するギガガラン。

遠藤　ええー!?　効かないの！　ギガガランには効かないの!?

もう一度、ギガガランの前に回り込もうとする戦闘機。

女性アナウンサー　効きません！　ギガガランには、F－24サンダーのミサイルが効きません！　F－24サンダー、旋回して、もう一度攻撃です！

ギガガラン　（咆哮）

遠藤　なんで⁉　なんで、正面に回り込むんですか⁉　後ろから撃った方が安全なのに！
瀬田　ギガガランの進路を変えようとしてるんだ。
遠藤　進路？
瀬田　このまま、真っ直ぐ進むと都庁だ。地球防衛軍は、都庁を守ろうとしているんだ。
遠藤　都庁……。えっ⁉　新宿で一番、守りたいのが都庁ってことですか⁉
瀬田　そうだ。
遠藤　そんな。もし、東口方面に移動したら大変なことになりますよ！
瀬田　本部にはそれが分からないんだ！

戦闘機、ミサイルをまた撃つ。
が、効かない。
そして、この会話の間に、二人に気づかれないように、深町はいなくなっている。

遠藤　くそう！　ミサイルが効かない！　どうしたらいいんだ⁉
女性アナウンサー　地球防衛軍の戦闘機のミサイルは、残念ながら、ギガガランには効きません！　ギガガランにはなんのダメージも与えられません！

戦闘機、正面に回り込む。

ギガガラン、突然、口から怪光線を吐き出す。
2機の戦闘機、ダメージを受け、墜落しながら去る。

遠藤　ああ！　航空隊が！

女性アナウンサー　墜落です！　ギガガランが吐き出した怪光線によって、地球防衛軍の戦闘機が墜落していきます！

遠藤　くそう！　どうしたらいいんだ！

女性アナウンサー　ギガガラン、新宿サザンシアタータカシマヤを破壊し、新宿の街を都庁方面に進んでいきます！

と、ハイパーマンが現れる。
巨大なヒューマンタイプの宇宙人だ。

瀬田　え⁉

遠藤　なんだ⁉

女性アナウンサー　ええ⁉　なんと、新たな巨大不明生物です！　もう一体、巨大不明生物が現れました！　通算35号の巨大不明生物です！　新宿、危機です！　これは大変な事態になりました！

ハイパーマン、ギガガランにキック。

女性アナウンサー　キックです！　巨大不明生物35号が、ギガガランにキックしました！　これはどういうことでしょう！

ハイパーマン、ギガガランに体当たり。

女性アナウンサー　続いて、体当たりです！　ひょっとして、巨大不明生物35号は、ギガガランから地球を守ってくれているのでしょうか⁉

ギガガランに再び体当たり。倒れるギガガラン。

女性アナウンサー　ギガガラン、倒れました！　小田急サザンタワーが崩れていきます！
遠藤　え⁉　味方なの？　隊長！　あいつは味方なんですか⁉
瀬田　味方……。

ハイパーマン、倒れたギガガランにまたがり、殴る。

ギガガラン、ハイパーマンを突き飛ばす。
ハイパーマン、尻餅《しりもち》をつく。

女性アナウンサー　ああ！　巨大不明生物35号、飛ばされました！　尻餅です！　大きな音をたてて、尻餅をつきました！

ギガガラン、立ち上がろうとするハイパーマンに体当たり。
ハイパーマン、どうっと倒れる。

女性アナウンサー　ああ！　ギガガラン、尻尾《しっぽ》をふり回しました！　尻尾アタックです！　巨大不明生物35号、倒れました！　味方なのか⁉　味方ならがんばってもらいたい！　地球防衛軍からはまだ何の発表もありません。巨大不明生物35号、人類の味方ならがんばれ！　ギガガランを倒してくれ！

ギガガラン　（咆哮）

瀬田　（街の現状を見て）まずいな。

遠藤　まずいですよ。もう、防衛軍の戦闘機は来ないんでしょうか？

ギガガランにパンチを入れるハイパーマン。

女性アナウンサー　あ、パンチです！　巨大不明生物35号。パンチです！

遠藤　ガンバレ！　ギガガランをやっつけろ！

女性アナウンサー　尻尾アタックです！

ギガガラン、ハイパーマンが倒れたすきに、逃げようとする。

女性アナウンサー　あ⁉　ギガガランが逃げていきます！　追いかける巨大不明生物35号！　がんばれ！　巨大不明生物35号！

ハイパーマン、ギガガランの尻尾を摑む。

遠藤　がんばれ！　35号！

ギガガラン、咆哮し、ハイパーマンを突き飛ばす。

瀬田　戻るぞ。

遠藤　え⁉

瀬田、走り去る。
慌てて追いかける遠藤。
ゆっくりと暗転。

女性アナウンサー（声）　ああ！　ギガガラン、京王プラザホテルを壊しながら逃げていきます！　巨大不明生物35号、ギガガランを追いかけます！　ヨドバシカメラが潰れました！　逃げるギガガラン！（飛び立つ音）ああ！　ギガガラン、飛び上がりました！　その身体で飛べるのか、ギガガラン！

4　苦情処理係ルーム

暗転の中、電話の呼び出し音が何台も響く。
明かりつくと、日菜子が電話で興奮しながら話している。
竹村はあきれ顔で何もしていない。
テーブルの上の4台の電話が鳴りっぱなし。

日菜子　何を言ってるんですか！　どうしてそんな言い方するんですか⁉　一生懸命やってますよ！　もちろんですよ！　当り前でしょ！　何言ってんの⁉

瀬田と遠藤が戻ってくる。
電話が鳴り響く状況に驚く。

瀬田　竹村！　何してるんだ⁉
竹村　いやもう、鳴りっぱなしでどうしようもできないんですよ。
日菜子　（電話口に）だから違うって！　そんなことじゃないの！

瀬田　松永君、代わろう！　竹村、遠藤、至急、対応！
遠藤　はい！

遠藤、電話に飛びつく。
竹村はゆっくりと電話に手を伸ばす。

瀬田　お電話代わりました。苦情処理係の責任者です。
遠藤　もしもし、地球防衛軍苦情処理係です。

日菜子、鳴っている別の電話を取ろうとする。
瀬田、慌てて、

瀬田　（受話器口を押さえて）松永君は、苦情メールをチェック。
日菜子　はい。
竹村　もしもし、地球防衛軍苦情処理係です。

三人は会話を続ける。
と、深町も戻ってくる。

深町、四人の姿と鳴り続ける電話に驚く。

瀬田　（電話口を押さえて）深町、電話対応！

深町　はい！（電話を取り）もしもし、地球防衛軍苦情処理係です。

深町が電話を取った瞬間、電話をしている住民Aが現れる。
同時に、瀬田、竹村、遠藤の話し声は聞こえなくなる。ただし、三人の様子から、三人の電話の相手がかなり怒っているのが分かる。

住民A　あいつはなんなの⁉

深町　あいつ？

住民A　だから、ギガガランと戦った35号だよ！　あれは、地球防衛軍の仲間なの？

深町　まだ正式には発表されていませんが、（少し誇らしく）まあ、仲間だと思います。

住民A　じゃあ、お前達の責任だよな！

深町　責任？

住民A　あいつ、俺の家、潰《つぶ》したんだよ！　妻も子供もいなかったのが不幸中の幸いだけどさ、なんで俺の家、潰すの⁉

深町　それは……

住民A　あいつ、どんだけ、新宿をボロボロにしたんだよ！　何回も何回もギガガラン、倒してさ。自分も何回も倒れて。どんだけのビルと家が潰れたと思ってるんだ⁉　地球防衛軍のミサイルだって、あんなに街を壊したことはなかったぞ！

深町　いえ、ですけど、

住民A　分かってるのか⁉　あいつの尻で殺された奴もいるんだぞ！

深町　尻？

住民A　あいつ、ギガガランにやられて、尻餅ついただろ。

深町　あっ。

住民A　その尻の下に、家があったんだよ！　ネットじゃあ、「尻で殺された家族」って大騒ぎだよ。

深町　「尻で殺された家族」……。

住民A　あいつは、お前達の仲間なんだよな！　じゃあ、弁償するのはお前達の義務だ！

深町　ですが、彼がいたから、ギガガランは逃げたわけですから。彼は新宿を救ったと言える（んじゃ）

住民A　あいつが正義の使者だと言うのか⁉

深町　正義の使者……はい、そうです。

住民A　ふざけるな！　ギガガラン一匹が暴れた方が、よっぽど、被害は少なかったよ。あいつは、ギガガラン以上の悪魔だ！

深町　悪魔⁉

その瞬間、遠藤と話している住民Bが現れる。（住民Aの動きは止まる）

住民B　なんで地球防衛軍のミサイルで倒せないの⁉　赤色のあいつ（ハイパーマンのこと）が街をメチャクチャにしたのよ！　どうしてくれんのよ！

瀬田と話している住民Cが現れる。（住民Bの動きは止まる）

住民C　うちの町内ね、ギガガランの背中で全滅なのよ。なんで、投げ飛ばされた怪獣の背中で死ななきゃいけないの。あんたら、人間の命をなんだと思ってんのよ。これなら、まだ、防衛軍のミサイルで死ぬ方が全然ましよ。

竹村と話している住民Dが現れる。
（住民Cの動きは止まる）

住民D　なんでミサイルが効かんのんな！　お前ら、俺達の税金使っとるんじゃろうが！　ムダ飯食らいじゃにゃーか！　じゃけん、赤色のあの野郎に余計なこと、されるんじゃ！　役立たず！　地球防衛軍なんか解散しちまえ！

住民四人、それぞれの動きが止まると、対応している四人も止まる。

日菜子はパソコンで苦情メールに対応している。

混乱している遠藤。必死に説得している瀬田。苦虫を噛みつぶした顔で対応している竹村。

呆然とした顔で抗議を受けている深町。

日菜子、パソコンの画面を見ていて、ハッとしてテレビをつける。

地球防衛軍榎戸指令の記者会見が開かれている。

日菜子　瀬田さん！
アナウンサー　地球防衛軍榎戸指令の、巨大不明生物35号に関する緊急記者会見が始まりました。

その声に、瀬田達、画面に注目し始める。

記者1　巨大不明生物35号は、地球防衛軍の仲間なんですか？
榎戸　いえ、我々とは何の関係もありません。
瀬田　（そう言うだろうなという反応）
深町　（驚きの反応）
竹村　（やれやれというシニカルな反応）

遠藤　（そういう言い方する？　という反応）
日菜子　（信じられないという反応）
記者2　あきらかにギガガランに攻撃をしかけていました。目的は地球防衛軍と同じじゃないですか？
榎戸　目的および正体を含めて、まったく分かっておりません。
記者3　ということは、ギガガランと同じ敵性怪獣の認定もあるということですか？
榎戸　その可能性ももちろん、あります。
記者達　（ざわつく）
瀬田達　（それぞれに反応）
記者1　新宿に甚大な被害をもたらしたのは、ギガガランではなく巨大不明生物35号だという意見がネットで主流になっているのはご存知ですか？
榎戸　そういう意見もあると聞いております。
記者2　ということは、また巨大不明生物35号が出現したら、地球防衛軍は攻撃するということですか？
榎戸　その可能性も含めて検討しています。

瀬田、深町、遠藤、竹村は、電話応対を止めて（電話口を押さえて）記者会見に注目している。

日菜子　ひどい。なんてこと言うんだろう。

深町　……。

日菜子　敵じゃないことぐらい誰だって分かりますよ、ねえ。

竹村　組織ってのは、ああ言って、のらりくらりと生き延びながら、腐っていくんだよ。

瀬田　指令と話してくる。

瀬田、去る。

榎戸　地球防衛軍に御意見のある方は、地球防衛軍苦情処理係に御連絡下さい。メールまたは電話で、さまざまな御意見を受け付けています。

苦情処理係　(悲鳴や怨嗟の声)

その瞬間、抗議の声と電話の音が象徴的に鳴り響く。
必死で応対している苦情処理係。
無数の苦情メールの文字が舞台全体に映される。
暗転。

5　深町の部屋

明かりつく。
深町が帰ってくる。
溜め息、ひとつ。
テーブルの上の奇妙なデバイスが点滅して、小さな音が鳴り始める。
デバイスを操作する深町。
それに向かって話しかける。

深町　定期報告、第……42回。本日、地球に来て初めての戦闘。相手は、ギガガランと命名された怪獣。倒す前に、ギガガランは逃亡。東京湾の海底に隠れたと思われる。予想よりギガガランは手ごわく、地球での初戦闘、反省すること多し。

と、スクリーンに、ゾーン・チーフが映る。（瀬田勇作と二役）

ゾーン　そうか。とうとう戦ったか。

深町　ゾーン・チーフ。はい。戦いました。

ゾーン・チーフは気さくな印象だが、深町、背筋を伸ばす。

ゾーン　で、どうだった？
深町　思ったより、手ごわい怪獣で、
ゾーン　そうじゃない。地球人の反応だよ。熱烈に歓迎されてヒーローになっただろう。
深町　いえ、それが……
ゾーン　どうした？
深町　多くの地球人から責められました。
ゾーン　責められた⁉

ゾーン・チーフ、思わず、スクリーンから飛び出して、舞台に現れる。

ゾーン　どうして⁉
深町　ゾーン・チーフ。私達のやっていることは正義の行動なんですよね。
ゾーン　何を当り前のことを言い出すんだ。「宇宙平和維持軍」の活動は、正義の戦いだよ。
深町　戦闘中に尻餅をついて、地球人の家族を四人、潰して、いいえ、殺してしまいました。

ゾーン　それは可哀相なことをした。だが、お前は殺そうと思ったわけじゃないだろう。
深町　四人殺して、正義と言えるんでしょうか？
ゾーン　お前の正義は、四人の死者で揺らぐ程度の正義なのか？
深町　戦闘中に何回も倒れて、怪獣を何回も倒して、たくさんのビルを壊したんです。もっと大勢の人を殺しているはずです。私が戦わなければ、死者はもっと少なかった可能性があります。
ゾーン　まさか、それで地球人から歓迎されなかったのか？
深町　はい……。
ゾーン　相手を倒したり、倒されたりしないで、どうやって戦うんだ？
深町　それはそうなんですが……。
ゾーン　チルラ。お前、その怪獣を逃がしたんだな。
深町　はい。海に。
ゾーン　それだよ。ビルを壊し、死者が出ても、怪獣を倒していれば、問題はなかったんだ。
深町　そうでしょうか？
ゾーン　そうだよ。どこの星でもそうだ。先輩達のデータを読んでみるといい。すぐに送る。
深町　はい……。
ゾーン　まあ、銀河系という辺境にある星だからなあ。文化程度が低いから戦いの複雑さが理解できないんだ。反応が単純というか野蛮になるんだな。田舎の星はみんなそうだ。

深町　はあ……。
ゾーン　次、現れたら時間をかけずに、さっさと仕留めるんだぞ。そしたら、熱狂的に受け入れてくれるよ。文化的に低い星は、反発が一気に熱狂に変わる。安心していいぞ。
深町　変わりますか？
ゾーン　変わる。田舎の星の人間は簡単に変わる。コロッと変わる。
深町　……。
ゾーン　チルラ。「宇宙平和維持軍」の正義とは、宇宙の平和を維持することだ。それが唯一確かな正義だ。余計なことは考えないで、田舎の星で実績積んで、早く、中央銀河に移動できるようにがんばれ。

ゾーン・チーフ、スクリーンに戻る。

ゾーン　（映像になって）期待してるぞ。
深町　はい。……以上、通信、終了します。

ゾーン・チーフ、消える。
思案顔の深町。
暗転。

6　日菜子の部屋

パソコンを見ている日菜子の姿が浮かび上がる。

日菜子　……みんな、ひどい。どうしてこんなこと書くんだろう。

と、携帯が鳴る。
遠藤の姿が浮かび上がる。

日菜子　はい。もしもし。
遠藤　あ、日菜子ちゃん？　遠藤です。
日菜子　遠藤さん。どうしたんですか？
遠藤　いや、日菜子ちゃん大丈夫かなって思って。今日のこと、ショックだったでしょう。
日菜子　ええ、まあ。
遠藤　今日は特別だからさ。怪獣が二匹も出たんだから。
日菜子　二匹？　35号は怪獣じゃないでしょう。

遠藤　いや、やったことは怪獣以上だからね。でもさ、怪獣が二匹出て、街を壊すなんて日は珍しいから。しばらくしたら静かになるよ。

日菜子　苦情処理係のみなさんは、嫌にならないんですか？

遠藤　俺と竹村さんはとっくに嫌になってるよ。瀬田隊長は、自分が作った部署だからね。

日菜子　自分が作った？

遠藤　……そのうちに分かるからいいか。地球防衛軍には苦情処理係なんてなかったんだよ。世界の軍隊でもあんまりないからね。

日菜子　それで？

遠藤　瀬田隊長は航空隊のベテランパイロットだったって言ったでしょう。隊長、怪獣との戦闘中に、ミサイルを間違えて民家に撃ち込んで、住民を2人、死なせたことがあるんだ。

日菜子　！

遠藤　怪獣が素早くよけたせいで、隊長の過失じゃないらしいんだけど。隊長のミサイルで死んだことは事実だからさ。

日菜子　……それで？

遠藤　責任感じて、パイロットやめて、苦情処理係作ったの。悲しむ遺族の思いと声を引き受ける組織が絶対に必要だって主張して。

日菜子　いつのことですか？

遠藤　一年半ぐらい前かな。ミサイルの事故は、その半年前ね。

日菜子　そうですか……

遠藤　瀬田隊長の気持ちは分かるんだけどさ、苦情処理係って、ほんと、大変だからさ。消耗《しょうもう》するし、疲れるし、人間が大嫌いになるし、

日菜子　深町さんは嫌になってないんでしょうか？

遠藤　深町？　あいつはまだ入って二週間だからさ、なんにも分かってないよ。バカだし。

日菜子　バカなんですか？

遠藤　バカだね。時々、「地球人は」なんて言うんだよ。バカだろ。

日菜子　そうですか……。

遠藤　あ、明日、たぶん「PR活動」のリハーサルやると思うから、シナリオ、読んどいた方がいいよ。

日菜子　どんな感じなんですか？

遠藤　警察が、子供向けに「交通安全教室」とかやってるでしょ。あんな感じ。

日菜子　はい。

遠藤　明日の夜、暇？　二人でご飯、行こうか？

日菜子　あ、すみません。明日の夜はちょっと予定があって。

遠藤　うんうん。いいの、いいの。じゃあ、明日。来てよね。やめないでね。イヤにならないでね。待ってるからね！

日菜子　おやすみなさい。

遠藤　おやすみ！

遠藤の姿、消える。
日菜子、ふっと顔が変わる。

日菜子　……さて、どうしようか。

暗転。

7　被災地

コートを羽織った竹村がビデオ・カメラで被災地を撮っている。

声が飛ぶ。

声1　ここの下に、一人、いるぞー！
声2　救急隊！　救急車はまだなの!?
声3　タンカ！　タンカ、早く！
声4　静かに！　下から音が聞こえるぞ！

さらに、「急いで！　こっちです！」「毛布、全然足らない！」「おかあさん！」「救急車、早く！」など。

被災した母と娘が通りすぎる。

母、よろける。

思わず、竹村、手を貸して起き上がらせる。

母と娘、去る。

警官が現れる。

警官　ちょっと、すみません。被災者の方ですか？　それともボランティア？
竹村　あ、いや。
警官　……ここで何をなさっているんですか？
竹村　別に。
警官　別に、というのは？
竹村　別に。ただ、被災地を見に来ただけだ。
警官　そうですか。身分を証明するものを見せていただけますか？
竹村　どうして？
警官　怪獣被災地で、混乱に乗じて盗難が多発しているんですよ。壊れた家屋の中に入って、金目のモノを盗むという、最低の人間がいましてね。
竹村　私はそんな人間じゃない。
警官　でしょう。それを証明するためにも、免許証か何かを。
竹村　任意だろう。
警官　この混乱では任意なんて言ってる場合じゃないですね。
竹村　……（身分証明書を見せる）
警官　（驚き）地球防衛軍の方ですか。どうしてここに？

竹村　（カメラを見せて）被害を一応、記録しておこうと思ってね。
警官　（思わず周りを見て）ここにいない方がいい。
竹村　えっ？
警官　まだたくさんの人が瓦礫《がれき》の下にいます。家族を探して、大勢の人が集まってるんです。地球防衛軍だと分かったら、興奮した住民から何をされるか分かりません。
竹村　いや、私は、
警官　言いたいことは分かります。私も警官というだけで、何もできないと責められます。まして、地球防衛軍は何を言ってもムダでしょう。住民を興奮させるだけです。さあ、早く、去るんです！　早く！

竹村、戸惑いながら去る。
警官、去る。

8　瀬田の部屋

パソコンに向かっている瀬田が浮かび上がる。

瀬田　航空隊、作戦参謀課宛、意見具申《ぐしん》。本日の攻撃は、ギガガランの進路上にある都庁を守ろうとする結果、戦闘地域が人口密集地帯に集中しました。逆に、都庁を通り越せば、新宿中央公園で戦うことが可能でした。都庁を諦めることで、多くの住民の被害を軽減することができたと考えられます。都庁を守れという政治家からの圧力があったとしても、地球防衛軍は政治家を守ることではなく、地域住民を守ることが使命です。本日の苦情、電話218本、メール6万3489通。新宿中央公園を戦闘地域にできていれば、最低でもこの十分の一、最大、百分の一の苦情ですんだと予想されます。苦情処理係代表　瀬田勇作。

瀬田の姿、見えなくなる。

9　苦情処理ルーム

明かりつく。
遠藤が電話で佐々木と話している。
佐々木は別空間に見えている。
佐々木はどこかやさぐれた雰囲気。
竹村、深町は電話で苦情を受けている。
瀬田はパソコンの画面を前に日菜子にレクチャーしている。
遠藤と佐々木の声だけが聞こえる。

佐々木　遠藤！　とぼけんじゃねえぞ！
遠藤　何の話でしょうか？
佐々木　だから、俺も由美みたいに、「特別罹災証明書」が欲しいんだよ。
遠藤　ですから、それは誤解だと、
佐々木　うるせえ！　分かってんだからな！　宇宙光線なんかないのに、嘘の「特別罹災証明書」出しただろう！　俺にもよこせ！　出さないんなら、マスコミにバラすぞ！

遠藤　嘘のものなんか出してません。
佐々木　遠藤！　お前、いつまでとぼけるつもりなんだ？　由美のアパートがあった場所、調べれば、一発だろ！
遠藤　もう半年以上たってますから。宇宙光線は残ってないでしょう。
佐々木　俺をなめるなよ！

突然、竹村が電話に向かって声を上げる。

竹村　いい加減にして下さい！　ダメなものはダメなんです！

全員の動きが一瞬、止まる。
瀬田が日菜子に説明する声が聞こえる。

瀬田　苦情は「ホワイト」「ブラック」「レッド」の三種類に分類される。
日菜子　三種類。
瀬田　ホワイトは、興奮していてもまともな苦情。ブラックは金品《きんぴん》目当ての強引な苦情。レッドは、孤独でプライドの高いナルシストか精神が壊れた病人が言う苦情。レッドが一番やっかいなんだが、すべての通話は録音されてるから、いろんなパターンを知ればいい。まずは過激な言葉に慣れることだ。

日菜子　過激な言葉？

電話で抗議する住民あ・い・うが登場。佐々木の言葉に遠藤が反応。あといの言葉には竹村が反応。あとうは深町が反応。瀬田と日菜子は全部に反応。

住民あ　ネットに流すぞ！
佐々木　今すぐに結論を出せ！
住民い　マスコミに言うぞ！
住民う　ＳＮＳで拡散するぞ！
住民あ　今すぐに来い！
佐々木　今から会いにいくぞ！
住民い　誠意をみせろ！
住民う　すぐ近くに来てるんだ！
住民あ　精神的苦痛を補償しろ！
佐々木　事を大きくしたいのか⁉
住民い　責任者を出せ！
住民う　謝罪文を出せ！

住民あ　土下座しろ！
佐々木　ネットにお前の写真と名前を出すぞ！
住民い　首になるまで許さんぞ！
住民う　全部の新聞に謝罪広告を出せ！
　瀬田　こんな言葉に負けないで、苦情処理を進める。手順は、全部で五つ。まずは、「限定的おわび」。
日菜子　限定的おわび。
深町　（電話の相手に）ご迷惑をかけて申し訳ありませんでした。（いとうが反応）
竹村　（電話の相手に）長くお待たせして本当にすみませんでした。（あといが反応）
遠藤　（電話の相手に）お手を煩《わずら》わせて、誠に申し訳ありませんでした。（佐々木が反応）
瀬田　二つ目は「共感」。
日菜子　共感。
竹村　（電話の相手に）本当につらかったんですね。（あといが反応）
遠藤　（電話の相手に）お怒りはよく分かります。（佐々木が反応）
深町　（電話の相手に）その気持ち、よく分かります。（いとうが反応）
瀬田　三つ目は「事実確認と要望確認」
日菜子　事実確認と要望確認。
遠藤　（電話の相手に）罹災証明書の番号を教えていただけますか？（佐々木が反応）

深町　（電話の相手に）どのようなご希望ですか？（いとうが反応）
竹村　（電話の相手に）特別罹災証明書をご希望なんですね？（あといが反応）
瀬田　四つ目が「解決策を提示」。
日菜子　解決策を提示。
深町　恐縮ですが、（以下、それぞれの会話相手が反応）
遠藤　申し訳ございませんが、
竹村　恐れ入りますが、
深町　ご面倒ですが、
遠藤　申し上げにくいのですが、
竹村　お許しいただきたいのですが、
深町　残念ですが、
遠藤　失礼ですが、
竹村　あいにくですが、
深町　できうる限り、
遠藤　誠実に、
竹村　対応させていただきます。
瀬田　最後に、「強引な感謝」。
日菜子　強引な感謝。

深町・遠藤・竹村　御意見、本当に参考になりました。お電話、ありがとうございました！

その瞬間、音楽。
住民達と苦情処理係でダンスのようなもの。
電話をする人達とそれを受ける人達。瀬田と日菜子も参加。
ダンスのようなもの、終わる。
住民達、去る。

深町・遠藤　終わったー！

一日の仕事の終わり。
全員、ぐったりしている。

竹村　電話、留守電に切り換えろ！　本日の業務、終了！
瀬田　全員、ご苦労さま。よくがんばった。
日菜子　お疲れさまでした。
遠藤　ビールだ！　ビール、飲むぞー！
瀬田　その前にみんな、ちょっといいかな。

全員　？
瀬田　「ＰＲ活動」のリハーサルをしたいと思う。
竹村　瀬田さん。勘弁して下さいよ。
瀬田　いや、明日だからさ。松永君にナビゲーター役をやってもらおうと思うんだ。
日菜子　ナビゲーター。
遠藤　賛成！　変なおじさんより、日菜子ちゃんの方が絶対に子供達も喜びますよ。
竹村　変なおじさん。
遠藤　あ、いえ。シブイおじさん。
瀬田　それじゃあ、始めよう。
深町・遠藤・日菜子　はい。

と、アラーム音が鳴り響く。

全員　！
竹村　こんな時間に怪獣か！

遠藤、モニターをつける。
男性アナウンサーが出てくる。

男性アナウンサー　ギガガランです！　昨日に続いて、ギガガランが19時5分、湾岸地区に突如、出現しました！　該当地域のみなさんは、至急、避難して下さい。

遠藤　隊長！

瀬田　瀬田だ。隊長じゃない。

遠藤　ボス。出動しますか？

竹村　今日の業務はもう終わったんだよ。

瀬田　いや、とりあえず待機だ。我々が電話を受けなければ、本部に抗議の電話が殺到する可能性がある。

深町　瀬田さん。避難誘導および被害確認に行かせて下さい。

瀬田　……よし。深町は出動。

日菜子　瀬田さん。私も行かせて下さい。

瀬田　えっ？

日菜子　ちゃんと電話を受けるために、この目で被害を見たいんです。

瀬田　……分かった。

遠藤　隊長！

瀬田　遠藤は待機。以上。

遠藤　じゃない瀬田さん！　私もお願いします！　私は松永日菜子さんの教育係です！　教育係

になった以上、松永さんを指導保護、監督、護衛する義務があります。そもそも、教育係に任命したのは、瀬田さん、あなただ！

瀬田　落ち着け。ちゃんと守れよ。

遠藤　アイアイサー！（と敬礼）

深町、日菜子、遠藤、飛び出す。

電話が鳴る。

竹村　もうかよ！

瀬田、電話を取る。

瀬田　はい、地球防衛軍、苦情処理係です。

まゆが登場。

まゆ　人殺し。

瀬田　……。まゆちゃん、

まゆ、言葉の途中で切る。

瀬田　……。
竹村　どうしました?
瀬田　いや、なんでもない。トイレに行ってくる。

瀬田、去る。
竹村、瀬田の受けた電話に近づき、録音を聞こうと操作する。まゆの声が聞こえる。

まゆ（声）　人殺し。
竹村　!

暗転。

10　湾岸

暗転の中、ギガガランの咆哮。
そして、人々の悲鳴。
女性アナウンサーの声が聞こえてくる。

女性アナウンサー（声）　19時10分、日の出桟橋付近から上陸したギガガランは、浜松町駅を破壊、そのまま西に六本木地区に向かって進んでいます！　非常に危険です。該当地区の方は、至急避難して下さい！

咆哮と共に、ギガガランの巨大なシルエットが浮かび上がる。燃えた真っ赤な明かりの中、真っ黒なシルエットのギガガラン。（舞台の後ろから真っ赤な光をスクリーンに当てる影絵のスタイル）
小さなビルのシルエットも見える。
と、飛行機のシルエットが飛んでくる。
顔だけが等身大で、首から下に、小さくて黒い人形をぶらさげた女性アナウンサー、通路に

登場。（シルエットのつもりなのだ）

女性アナウンサー　地球防衛軍航空隊の戦闘機です！　F－24サンダーが3機、ギガガランに向かって攻撃を開始しました。

真っ黒なギガガランのシルエットに、ミサイルの花が咲く。
すぐに、シルエットのギガガラン、腕を振り回して、飛行機を墜落させる。

女性アナウンサー　ああ！　墜落です！　昨日に引き続き、地球防衛軍航空隊のミサイルが効きません！　戦闘機3機、あっという間に撃墜です！

見上げている小さな遠藤、深町、日菜子のシルエットが登場。（小さな人形の影絵）

遠藤　ああもう！　悔しいなあ！
深町　遠藤。付近、避難完了してるか確認してくる。
遠藤　遠藤さん、だろ。俺は七カ月先輩なんだから。
深町　共に入隊は今年だから、俺達は同期だ、遠藤。

と、去る。

日菜子、追いかけようとする。

遠藤　日菜子ちゃんは、ここにいて。僕は君を守る義務があるんだから。

日菜子　……はい。

ギガガラン、吼《ほ》える。

遠藤　ああ！　航空隊、どうした！　もっと効果的なミサイルないのかよ。ちくしょー！

ギガガラン　(咆哮)

女性アナウンサー　ギガガラン、周囲のビルを破壊しながら、ゆっくりと北西に進んでいます。銀座、六本木方面の方は、ただちに避難して下さい。非常に危険です！

と、シルエットのハイパーマンが現れる。

女性アナウンサー　ああ！　昨日に引き続き、巨大不明生物35号が出現しました！　ネットでは、「尻餅マン」とか「破壊マン」「ウルトラデビルマン」などと勝手に名前が付けられています。あ、今、宇宙防衛軍の発表がありました。巨大不明生物35号は「ハイパーマン」と名付けられたようです！

日菜子・遠藤　……ハイパーマン。

遠藤　どうなんだ、そのセンスは⁉

ギガガラン、いきなり、ハイパーマンに体当たり。
ハイパーマン、よろめくが、なんとか倒れないように踏ん張る（というシルエット）。

女性アナウンサー　ああ！　ギガガラン、いきなり、ハイパーマンに体当たりです！　ハイパーマン、堪《こら》えました。踏ん張っています！

吼えるギガガラン。

女性アナウンサー　地球防衛軍は、ハイパーマンという通称を発表しましたが、依然として、ハイパーマンは敵性怪獣なのか味方なのか、判断していません。どっちなのか！　ハイパーマン、あなたは敵なのか、味方なのか⁉　人類に幸福をもたらすのか？　それとも、災いの源なのか⁉

小さなシルエットの住民が現れる。

口々に「ひっこめ！」「絶対に倒れるなよ！」「迷惑なの！」「どっか行け！」と叫ぶ。

遠藤　ハイパーマン！　聞こえるか！　お前に知性と良心があるなら、東京湾にギガガランを連れていけ！　分かるか！　ハイパーマン！　ここで戦うんじゃない！

住民の抗議の声が続く。

ハイパーマン、ギガガランの尻尾を持ち、海の方向に引っ張ろうとする。

遠藤　そうだ！　ハイパーマン！　分かるのか⁉　その方向だ！　東京湾に連れていけ！

女性アナウンサー　おっと、ハイパーマン、ギガガランを振り回そうしているのか、倒そうとしているのか。引っ張っています！

ギガガラン、尻尾で振り払い、ハイパーマンを殴る。

ハイパーマン、よろけるが、両手で身体を支えて、生まれたての子鹿のように踏ん張り、地面に倒れないようにする。

遠藤　倒れるなよ！　倒れてビルを壊すなよ！……ようし、その調子だ！

女性アナウンサー　おっと、ギガガラン、また当たりです！

ハイパーマン、倒れないようにブリッジの形になって踏ん張る。

女性アナウンサー　ハイパーマン、昨日と違って、うまく攻撃を返せません！

ギガガラン、ハイパーマンに体当たり。ハイパーマン、思わず倒れる。

その身体で崩れるビル群。

女性アナウンサー　ハイパーマン、倒れました！　銀座博品館《はくひんかん》劇場が潰れました！　おもちゃが散乱しています！

遠藤　ダメだって！　倒れたら！　倒れて、ビルを壊すな、ハイパーマン！

この戦いの間に、日菜子のシルエット、そっといなくなる。

立ち上がったハイパーマン、ある動きをする。

と、ハイパーマンの全身が光に包まれる。

遠藤　ハイパーマン、何するんだ！

ハイパーマンの手先から、「破壊光線」が放出され、ギガガランに当たる。
ギガガラン、爆発する。（影絵方式で見せていたシルエットが、この瞬間に、客席後ろから映す映像に変わり、爆発する）

遠藤　銀座で爆発か⁉

住民達、悲鳴を上げる。「なんなの⁉」「なによ！　これ！」「怪獣の肉、気持ち悪い！」「死ぬほど臭い！」「海でやれよ！」
そのまま、暗転。

遠藤（声）　日菜子ちゃん⁉
女性アナウンサー（声）　爆発です！　ギガガラン、ハイパーマンの光線によって爆発しました。周囲には、ギガガランの膨大な肉片が飛び散っています。ひどい臭《にお》いです！　この臭いは耐えられません！（ゲホゲホッ）人間には耐えられません。臭《くさ》い！　臭いです！

人々の怒号と悲鳴、やがて小さくなっていく。

11　街の片隅

明かりつくと、深町が歩いている。少し疲れた様子。
日菜子がやってくる。

日菜子　深町さん！
深町　あ、松永さん。
日菜子　どこにいたんですか？
深町　え、いや。遠藤は？
日菜子　戻ったと思います。
深町　そうですか。じゃあ、僕達も。

と、住民が三人（カ・キ・ク）、現れる。

住民カ　お前達、地球防衛軍だな。
深町　えっ……はい。

住民キ　いい加減にしてよね！
深町　いい加減？
住民キ　地球防衛軍なのに、全然、防衛してないじゃないの！
住民ク　ミサイルが効かなくても、怪獣を誘導するぐらいできるだろ！　新宿とか銀座じゃなくてさ、町田とか多摩センターとか、人のいないところに導けよ。
住民カ　群馬とか栃木とかさ！
深町　……すみません。
日菜子　すみません。
住民カ　謝ってすむんなら、警察いらねーんだよ！
住民ク　お前らがだらしないから、ハイパーマンみたいな余計な奴が出てくるんだよ！
住民キ　あいつが一番、迷惑でしょ！　街中、死ぬほど臭いんだけど。あー、臭い！　ほんとに臭い！　もう、嫌！
住民カ　宇宙防衛軍のミサイルでハイパーマン、やっつけろよ。
深町・日菜子　は？
住民ク　ハイパーマンにミサイル、ぶち込めよ！
日菜子　そんなことできるわけないでしょう！
住民カ　なんで？
日菜子　決まってるじゃないですか！　ハイパーマンは地球のために戦ってるんですよ！　私達の

深町　仲間なんです！
住民キ　松永さん……
住民ク　仲間なわけないでしょ！
住民カ　あいつ、ひょっとして怪獣の仲間なんじゃないか？
日菜子　だから、街をメチャクチャにしてるんだ！
住民カ　何言ってるの！　ハイパーマンはギガガランをやっつけてくれたのよ！
日菜子　誰も、地球のために戦えなんて頼んでねーよ！
住民キ　あんた達みたいな腐った人間は、怪獣に踏み潰されればいいんだ！　ハイパーマンは、あんた達みたいなクズは守りたくない！
住民ク　いいの？　地球防衛軍が被災住民にそんな口を聞いていいの⁉
お前、それ暴言だぞ！　ネットにさらすからな！

と、言いながら、住民ク、スマホを出して構える。

住民カ　税金で運営されている地球防衛軍が暴言を被災住民に吐いたんだ。絶対に許さないからな！
日菜子　ハイパーマンは地球を守ろうとしてるの！　ハイパーマンの悪口を言う奴なんか、生きる資格はない！　死ねばいいんだ！

住民ク　録画したからな！　お前の顔、ネットにさらすからな！
日菜子　お前達なんか、ギガガランに殺されろ！

日菜子、住民に摑みかかろうとする。
深町、それを止めて、

深町　松永さん。行こう！
日菜子　でも、
深町　行くんだ！

深町、日菜子の手を引いて去る。

住民キ　許さないからね！
住民ク　ネットに全部、書いてやる！
住民ケ　絶対、炎上させてやる！

住民達、去る。

12　苦情処理係ビル　屋上

竹村がいる。
瀬田が出てくる。

瀬田　竹村！　なんで屋上にいるんだ⁉　苦情の電話が殺到してるんだ。早く戻れ！
竹村　……。
瀬田　竹村！
竹村　なんで、本部はハイパーマンに対するコメント、出さないんでしょうね。
瀬田　えっ？
竹村　敵でも味方でも、どっちでもいいじゃないですか。ギガガランを倒したんだから味方、街を壊して何人も殺したんだから敵。はっきりしてくれないと、対応できないですよ。どっちの結論出しても、反発が大きいと思って、本部は逃げてるんだ。本当に腐った組織ですよね。
瀬田　竹村……。
竹村　もういいんじゃないですかね。

瀬田　えっ？
竹村　考えたんですけどね、なまじ苦情処理係があるから、文句を言う奴を作っちゃうんですよ。なけりゃ、飲み込むしかないんだ。その方がお互い、幸せだと思いませんか？
瀬田　突然、何を言い出すんだ。
竹村　突然じゃないですよ。苦情処理係に配属されて、一年間、ずっと考えてきたことですよ。
瀬田　竹村。
竹村　瀬田さんは、なんのためにこんなことしてるんですか？
瀬田　なんのため？　これは仕事だよ。
竹村　これは、どんな仕事なんですか⁉
瀬田　地球防衛軍の活動で苦痛を感じた人達がいたら、その苦痛を少しでも和らげる仕事だ。
竹村　どうやったら和らぐんですか⁉　ムチャクチャな苦情を聞き続けたら、奴らの苦痛は和らぐんですか？
瀬田　竹村、どうしたんだ？
竹村　瀬田さん。ムダですよ。
瀬田　ムダ？
竹村　どんなに苦情を聞いても、罪の意識は消えませんよ。
瀬田　（厳しく）竹村。
竹村　こんな奴らの苦情いくら聞いても、なんの罪滅ぼしにもなりませんよ。

瀬田　……俺は自分の罪の意識で苦情処理係をやっているんじゃない。
竹村　僕は、ずっと怒ってましたよ。
瀬田　えっ。
竹村　妻が、地球防衛軍のミサイルで吹き飛ばされた後、私が受け取ったのは、「罹災証明書」と「怪獣見舞金」の申請方法を説明した書類だけですよ。冒頭に、たった一文「このたびは御愁傷様でした」と書かれてました。これは謝罪なのか？　ただのあいさつなのか。私は、その文章を見て、初めて泣きましたよ。妻が死んだ時も、葬式の時も、地球防衛軍は悪くないんだ、不可抗力なんだって必死で自分を押さえてたのに、たった一行「このたびは御愁傷様でした」の文章で涙が溢《あふ》れてきました。だって、次の文章は「さて、『罹災証明』の申請方法について説明させていただきます」ですよ。「さて」って。これで泣かなきゃ、おかしいでしょう。……どうして⁉　どうして私を苦情処理係に指名したんですか！　私は、妻を殺したパイロットを未だに許せない。どんなに苦情を言っても、どんなにののしっても、許せない。苦情処理係に毎日電話しても、絶対に許せない。私は許さない……。
瀬田　……同じ目にあった人の気持ちが分かると思ってな。
竹村　えっ？
瀬田　お前なら、同じ経験をした人に届く言葉を持っているんじゃないかと思ったんだ。
竹村　私をかいかぶり過ぎです。私はずっと怒ってます。くだらない苦情を言ってくる奴にも、

瀬田　物分かりのいい振りをして葬式で涙を我慢した自分にも。

竹村　……。

瀬田さん。どんなに苦情を聞き続けても、ムダですよ。被害者は絶対に許さないんだ。

竹村、去る。

瀬田　……。

暗転。

13　苦情処理係ルーム

あくびをしながら出てくる深町。その後ろに日菜子。

日菜子　ようやく、一段落ですね。
深町　(腕時計を見て)　1時半か。仮眠室が本部の中にあるから、行くといい。それとも、今から帰る？　残念だけど、タクシー代は出ないんだよね。
日菜子　今日はすみませんでした。
深町　え。なに？
日菜子　住民達の前で興奮して。本当にごめんなさい。
深町　いいんだよ。……僕は、嬉しかったから。
日菜子　えっ？
深町　ハイパーマンのこと、ちゃんと応援してくれて。
日菜子　深町さんも応援してるんですか？
深町　もちろん。ハイパーマンは、人類の味方、正義の使者だと信じてる。
日菜子　はい。私もそう思います。

アクビしながら、コーヒーを持った遠藤、登場。

遠藤　眠い！　ダメだ。深町、俺、仮眠室に行くぞ。
深町　いいよ。松永さんも行く？
遠藤　日菜子ちゃん、一緒に寝ちゃう？
日菜子　深町さんはどうするんですか？
深町　僕は、片づけ終わったら、一度、帰ります。
日菜子　じゃあ、私も帰ります。
深町　そう？
日菜子　はい。
深町　じゃあ、まず、タクシー一台、呼ぶ？
日菜子　いえ、深町さんの片づけが終わるまではここにいます。
深町　そう？
日菜子　はい。
深町　分かった。

ふと見つめ合う深町と日菜子。

遠藤　ちょっと待て。なんだ、その「恋の予感に溢れたなにげない会話」は？
深町　遠藤、早く寝てきたら。
遠藤　そんな場合じゃないだろう！
深町　どうして？
遠藤　どうしてって、お前、
日菜子　深町さん。良かったら、「ＰＲ活動」の話していいですか？　私、ちょっと分からないところがあって。
深町　いいよ。
遠藤　日菜子ちゃん、どこが分からないのかな？
深町　遠藤。眠いんだろ。寝てきていいぞ。
遠藤　醒めた。眠気は完全に消えた。
深町　無理しなくていいよ。竹村さんの分も仕事して、すっごく疲れたって言ってたじゃないか。
遠藤　深町。俺が航空隊になったら、まず最初にお前にミサイルをぶち込む。
深町　どうして⁉
遠藤　どうして？

日菜子、プリントアウトした台本を持ち出す。

日菜子　このナレーションについての説明がよく分からないんです。自分のセリフはちゃんと理解したいんです。
深町　ああ。これね。
遠藤　どれどれ、ああ、これね。うん、これはね。

明かり落ちていく。
別空間に瀬田。
榎戸指令に叱責されている。

榎戸　瀬田君。なんだね、これは！

日菜子の顔のアップ映像が映される。
「ハイパーマンの悪口を言う奴なんか、生きる資格はない！　死ねばいいんだ」

榎戸　君がどうしてもって言うから、雇った臨時職員じゃないか！　国民の目があるんだよ！　地球防衛軍の制服を着た人間がこんなこと言って許されると思ってるのか⁉　ネットじゃ、もう大炎上して、批判の嵐だよ！

瀬田　どうも、すみませんでした。
榎戸　苦情処理係の存在そのものに、疑問を持っている人間が多いことは、瀬田君も知っているね。
瀬田　はい……。
榎戸　私としては、苦情処理係の未来に関して、もう責任、持てないからね。

去る榎戸。
悔しい表情の瀬田。
明かり落ちる。
すぐに、別空間に明かり。
台本を持っている日菜子に遠藤が説明している。
横に深町。

日菜子　でも、どうして、その場合は、罹災証明は出ないんですか？
遠藤　そうだねえ、それはね、なんていうか、つまりね、ええとね……
深町　「巨大不明生物襲来に伴う被害に関する復興支援特別措置法」っていう法律の規定なんだ。勤めている会社が怪獣に潰されて、それによって失業したとしても、「罹災証明」を受け取ることはできない。これは地震の場合と同じで、そのまま怪獣被害にも適用されたんだ。

日菜子　でも、会社を潰されて失業するのは、家の一部が壊される以上に大変なことじゃないですか？　なのに「罹災証明」をもらえないって……

深町　うん。僕もそう思う。この規定は被災者の立場に立ってない。

遠藤　深町、お前詳しいな。

深町　絶対に苦情係の採用試験に落ちないように、必死で勉強したからね。

遠藤　苦情処理は下手なのに、知識だけはあるんだな。頭でっかちってやつだね。その点、俺は、知識はないけど情はあるからね。

日菜子　（プリントを指して、深町に）これはどういう意味なんですか？

遠藤　日菜子ちゃん、聞いてる？

深町　ああ。これね、これも複雑なんだよね。

遠藤　（覗き込んで）ああ。複雑だね。これは、複雑だ。物凄く複雑だ……

明かり落ちていく。
電話の呼び出し音。
明かりつく。
竹村のマンション。
くつろいだ格好の竹村が不審に思いながら携帯に出る。
男（橋本）の姿が浮かび上がる。

橋本　竹村健司さんの携帯ですね？
竹村　……誰だ？
橋本　こんな時間にすみません。どうしても竹村さんとお話がしたくて。
竹村　だから誰だと言っているんだ？
橋本　橋本といいます。竹村さんと同じ組織に勤める者です。
竹村　何？
橋本　竹村さん。苦情処理係は必要ないと思ってますよね。
竹村　えっ？
橋本　だとしたら、私達はお互いに協力できると思うんですが。
竹村　協力？
橋本　話を聞いていただけますか。
竹村　今何時だと思ってるんだ？
橋本　すみません。善は急げって言うじゃないですか。竹村さんにとって悪い話じゃないと思いますよ。もちろん、私達にもですが。
竹村　……。
橋本　なんらかのスキャンダルを摑んでいただきたいんです。
竹村　スキャンダル。

橋本　瀬田勇作にからむスキャンダルが一番ですが、苦情処理係のメンバーが関係するスキャンダルです。どんなに小さくても、苦情処理係を追い込んで潰します。

竹村　お前達はなぜ、潰したいんだ？

橋本　竹村さんはどうしてですか？

竹村　俺は……苦情処理係なんてない方がいいと思ったんだ。

橋本　同じ理由ですよ。あんなものがあるから苦情が生まれるんです。地球のために働く我々には苦情は必要ない。スキャンダルを摑んだら、この番号にすぐに知らせて下さい。待ってます。

竹村　なかったら？

橋本　作るしかないでしょうね。

竹村　！

竹村と男の明かり、落ちる。

明かりつく。

日菜子に説明を続けている深町。

遠藤はテーブルに突っ伏して寝ている。

日菜子　「特別罹災証明」ってのは、どういうものなんですか？

深町　「特別罹災証明」というのは、罹災の程度が特別に重大な場合。
日菜子　例えば？
深町　怪獣が出した宇宙光線や放射能で家が破壊された場合は、ただ、家を踏み潰された場合より補償額は多くなる。宇宙光線や放射能に汚染された被害は大きいからね。
日菜子　なるほど。深町さん、ありがとうございます。よく分かりました。
深町　よかった。
遠藤　（突然、寝言で）どけ！　ハイパーマン！　怪獣は俺が倒す！
深町・日菜子　!?
遠藤　（むにゃむにゃ）

深町と日菜子、顔を見合わせて笑う。

日菜子　深町さん、何か食べたい物はありますか？
深町　食べたい物……
日菜子　教えてもらったお礼に、作ります。何が食べたいですか？
深町　そんないいよ。
日菜子　お礼させて下さい。
深町　じゃあ……カレーかな。

日菜子　カレー!?

深町　いわゆる家庭の手作りカレー。一度、食べてみたいんだよね。

日菜子　えっ？　深町さん、手作りカレー、食べたことないんですか？

深町　えっ。いや、あるよ。もちろん。うん、あるよ。

日菜子　じゃあ、明日、「ＰＲ活動」が終わったら、ごちそうします。家《うち》に食べに来てくれませんか？

深町　えっ。松永さんの家に？

日菜子　あんまり美味しくないかもしれないですけど。

深町　分かった。ありがとう。うん。そうか。うん。行くよ。

日菜子　がんばります。

二人、ふと見つめ合う。
深町、ハッとして、

深町　タクシー、呼ばないと。

日菜子　はい、お願いします。

暗転。

14　深町の部屋

点滅しているデバイス。
明かりつく。
深町、それに向かって、

深町　定期報告第…43回。本日、二回目の戦闘。怪獣ギガガランをMビームにて破壊。地球に来て初めての勝利。

と、ゾーン・チーフが現れる。

ゾーン　そうか。勝ったか！　やったな！
深町　ゾーン・チーフ。はい、勝利しました。
ゾーン　地球人の反応はガラッと変わっただろう！　熱狂したんじゃないか？
深町　それが……
ゾーン　どうした？……まさか、また、街を壊したと地球人に怒られたのか？

深町　はい。それに、

ゾーン　それに？

深町　Mビームでギガガランを爆発させたので、肉片が街中に飛び散って、ものすごく文句を言われました。不潔で臭くて気持ち悪いって。

ゾーン　チルラ。お前、嘘を言ってるんじゃないだろうな？　早く辺境の星を出たくて。

深町　とんでもないです。後で、地球人のネットの反応を送ります。

ゾーン　そうか……。信じられん。一体、どういう……（ハッと）チルラ、名前はついたのか？

深町　はい。

ゾーン　（喜んで）そうか。戦闘一回目で名前がつくのは、その星の人々に受け入れられた証拠だぞ。

深町　そうでしょうか……。

ゾーン　なんていう名前なんだ？

深町　ハイパーマンです。

ゾーン　……ハイパーマン!?　それは、地球のセンスとしてどうなんだ？

深町　微妙みたいです。

ゾーン　微妙か……。そうか……。

深町　ゾーン・チーフ、ギガガランを倒して、地球の平和を守ったと思っているのは、私だけかもしれません。地球人は、私が平和を乱していると思っているんです。

ゾーン　全員か？
深町　えっ？
ゾーン　地球人全員がお前のしたことを否定しているのか？
深町　いいえ。全員というわけでは……
ゾーン　お前の行動を積極的に評価する地球人はいないのか？
深町　（ハッと）います。熱く応援してくれる人がいます。
ゾーン　顔が変わったな。
深町　はい、いました！
ゾーン　おやおや、お前はその地球人に特別な感情を持っているな。
深町　えっ？　特別な感情？
ゾーン　それは何だ⁉
深町　何でもないですよ。嫌だなあ。ゾーン・チーフ、何言ってるんですか。
ゾーン　それは……恋だな！　恋だ！　図星だろう！
深町　（慌てて）違いますよ！　なに言ってるんですか！
ゾーン　（渋く）ひゅうひゅう。
深町　ゾーン・チーフ！　私は宇宙平和維持軍の兵士ですよ。不謹慎なことを言わないで下さい。
ゾーン　確かに、宇宙平和維持軍では、現地の知的生命体と親密な関係性を築くことを原則的には禁止している。特に辺境の星で淋さのあまり恋愛に溺れて、正義を忘れる兵士が出てこないようにな。

深町　当り前です！

ゾーン　だが、私は、恋愛は現地の文化を知り、友好を深める効果的な手段だと思っている。

深町　えっ。

ゾーン　どうだ？　その恋はうまく行きそうなのか？

深町　いえ……地球人の感情は、まだ完全に理解してないですから。

ゾーン　手さぐりの恋か！（渋く）ひゅうひゅう。

深町　ゾーン・チーフ！

ゾーン　だが、安心しろ。赴任期間は必ず終わる。そんなに長い時間じゃない。そしてまた、恋愛も必ず終わる。（渋く）ひゅうひゅう。

深町　なんでひゅうひゅうなんですか。そこ、悲しい部分じゃないですか。

ゾーン　若いな。

深町　は？

ゾーン　じつに、若い。恋愛は終わるものだよ。だから燃えるのだ。（渋く）ひゅうひゅう。

深町　……楽しそうですね。

ゾーン　平和と恋愛のために、戦えハイパーマン！　次回の報告、楽しみにしてるぞ！　ひゅうひゅう！

ゾーン・チーフの姿、消える。

深町　……何言ってるんですか。

暗転。

15　保育園

日菜子がいつもの制服に派手な装飾をつけて登場。

日菜子　よい子のみんな、元気ですかー⁉

保育園の制服を着た子供達、登場。

子供達　はーい。

日菜子　地球防衛軍、苦情処理係の日菜子おねえさんです。日菜ちゃんと呼んでね。いい？　せーのっ

子供達　日菜ちゃーん！

日菜子　ありがとう！　おねえさん、みんなが元気だからとっても嬉しいです！

子供達　（口々に自分達も嬉しいと語る）

日菜子　はーい。それじゃあ、始めるよ！　みんな、地球防衛軍は知ってるかな？

子供達　はーい！

日菜子　ありがとう！　じゃあ、苦情処理係は？
子供達　？（戸惑う者、しらける者、苦悩する者など）
日菜子　知らないよねー。じゃあ、今日は、苦情処理係をちゃんと覚えて帰ってね。そして、お家《うち》の人に教えてあげてね。
子供達　はーい。
日菜子　それでは、始まり始まり！

音楽が鳴る。
と、ダンボールで作られた怪獣の着ぐるみを着た瀬田、登場。
ただし、ダンボールの造作は素人仕事で、瀬田の身体が所々、見えている。それが逆に素朴で愛嬌ある雰囲気をかもし出している。

瀬田　どしーん、どしーん。がおー！
日菜子　あっ！　怪獣セタドンドンだ！
瀬田　がおー！
日菜子　きゃー！　助けてー！

深町がダンボールで作った小さなビルをさっと瀬田の前に置く。

瀬田　どしーん！　どしーん！　どんがらがっしゃん！（と、ビルを踏み潰す）

深町　あー！　ビルが！

日菜子　ああ！　ビルが踏み潰されました！　このままだと街は壊滅されます！　どうしたらいいの⁉　どうしたら！

と、ダンボールで作った戦闘機に乗り（腰の辺りで飛行機を持ち、足は出ている）遠藤、登場。

遠藤　キーン！　ダーン！　地球防衛軍航空隊Ｆ－24サンダー登場！　キラリンッ！（と、決め顔）

日菜子　あっ⁉　航空隊だ！　Ｆ－24サンダーだ！

子供達　（喜ぶ）

と、保育園児の格好をした竹村、登場。なかばヤケクソで、

竹村　あー。航空隊だ。がんばれー。

と言いながら近づく。
と、深町が手に持ったリモコンを押す。チャイムが鳴る。
その瞬間、日菜子以外（瀬田、竹村、深町、遠藤）はストップモーション。

日菜子　さあ、ここでみんなと最初のお約束！　怪獣が出てきたら、絶対に近づかないで遠くへ逃げてね。
竹村　（ストップモーションをやめて）怪獣の後ろにいるんだから、平気だい！
日菜子　と思うかもしれないけど、怪獣はすぐに方向を変えるからね。

瀬田、くるりと振り向き、竹村にずんずんと近づく。

瀬田　くるり、がおー！
竹村　ひえー！
日菜子　ここなら大丈夫だと思っていたら、大変なことになるからね。分かったかなー？
子供達　（はーい、とか、分かったーとか）
日菜子　みんな素敵！　じゃあ、アクション！

動きが復活。
遠藤が旋回して、

遠藤　いくぞー！　セタドンドン！　ミサイル、発射！

と、深町、ダンボールの飛行機にマジックテープでくっついていたミサイルを外し、瀬田にぶつける。

深町　バシュッ！　ひゅんひゅんひゅんひゅんひゅん、ドッガーン！
瀬田　がおーっ！（それなりのダメージ）

竹村、怪獣の正面側に立ち、簡易な家のミニチュアを足元に置く。

竹村　がんばれー！　地球防衛軍！　セタドンドンをやっつけろー！
日菜子　危ないよ。もっと逃げて！
竹村　大丈夫だよ！　地球防衛軍がセタドンドンをやっつけてくれるよ！

深町、チャイムのリモコンを押す。

四人、ストップモーション。

日菜子　さあ、ここで二つ目のお約束。航空隊がミサイルを撃っても、安心しちゃダメ。航空隊が、怪獣をミサイルでやっつけられるかどうかは、誰にも分からないの。だから、航空隊が来たから安心して逃げない、というのは絶対にダメ！　航空隊を信用しない。分かった？

子供達　(えー。勝てないの!?　なんだよ～など)

日菜子　甘えるんじゃない！　人生、勝つこともあれば、負けることもある。それがリアルな人生なの。分かる？　甘えてると、死ぬのよ。死にたい子はいねがあ!?

子供達　(反応できない)

日菜子　ようし！　じゃあ、航空隊を信用しないで、とっとと逃げてくれるかな？

子供達　はーい。

日菜子　みんないい子！　アクション！

全員の動きが復活。

遠藤　ようし！　絶対にセタドンドンをやっつけてやる！(子供達を見て) みんな！　地球防衛軍航空隊の遠藤パイロットに力をくれないか。みんなの応援が遠藤パイロットの力の源なんだ！

子供達　がんばれー！
遠藤　遠藤パイロット、がんばれー！
子供達　遠藤パイロット、がんばれー！
遠藤　いい子達だ！　ようし、もりもりパワーが湧いてきた！　セタドンドン、いくぞー！　本気ミサイル発射！

深町、ミサイルを飛行機から外し、瀬田に向かって、

深町　バシュッ！　ひゅんひゅんひゅんひゅんひゅんひゅん

と、近づける。
と、瀬田、ミサイルが当たる瞬間、

瀬田　さっ。

と、かわす。

深町　あー！

日菜子　ミサイルをかわされた！
遠藤　がってむ！
瀬田　フホッホッホッ（笑う）
深町　ひゅんひゅんひゅんひゅん……

ミサイルはミニチュアの家に当たる。

深町　どっがーん！
竹村　うがあっ！
日菜子　あー！　民家が！
遠藤　しまった！　民家が！

深町、リモコンを押す。チャイムの音。

日菜子　さあ、大変です。みんな、見てたよね。お友達の家にミサイルが当たりました。でも、遠藤パイロットは、お家を壊そうと思ってミサイルを撃ったのかな？
子供達　（ちがーう、という声）
日菜子　そうだねえ。遠藤パイロットは怪獣セタドンドンを狙ったんだね。でも、卑怯なセタドンドンは、直前で身をかわしたんだね。さあ、悪いのは誰かなあ？　遠藤パイロット？　怪獣セタドンドン？

子供達　セタドンドン！

日菜子　そうだね。悪いのはセタドンドンだね！

遠藤　ありがとう！　ありがとうみんな！　みんな、最高だぜ！

日菜子　さあ、ここでみんなと最後のお約束！　もし、お家の人が、遠藤パイロットが悪いと言い出したら、みんなは、ちゃんと「それは違う！」と言ってくれるかな？　ちゃんとママかパパに、「悪いのは怪獣、パイロットじゃない」って言えるかな？

子供達　はーい。

日菜子　ありがとう！　日菜子おねえさん、ものすごく嬉しい！

遠藤　サンキュー！　お前達、最高だぜ！　さあ、みんな！　ビッグなプレゼントだ。

子供達　（喜ぶ）

遠藤　苦情処理係のパンフレットをプレゼントしよう！

子供達　……

深町が子供達にパンフレットを配る。

日菜子　帰ったら、お家の人に渡してね。渡す時に、こう言うんだよ。

苦情処理係　「念のために、怪獣特約に入ろうよ～」
日菜子　みんなも言えるかな？　せ～の、はい！
子供達　（小声で）念のために、怪獣特約に入ろうよ……
日菜子　……もう、日菜子おねえさん、みんな大好き！
遠藤　お前達、最高だぜ！
子供1　しゅみません。
日菜子　はい。何？
子供1　ハイパーマンは出ないんでしゅか？
処理係　え？
子供1　ハイパーマンが出たら、ミサイルを使わなくても、セタドンドンをやっつけてくれます。
子供2　バカ野郎！　ハイパーマンは、悪モンなんだぞ。
子供3　そうよ！　ママが言ってたよ！　ハイパーマンが出てから、ろくなことないって！
子供1　ハイパーマンは、地球の味方だい！　ギガガランをやっつけてくれたんだぞ！
子供2　悪モンだよ！
子供3　そうよ！
子供達　（口々に主張する。悪モンだと思っている方が多い）

深町、慌てて、一度、去る。

日菜子　うるさーい！　ハイパーマンはヒーローです！　正義の使者です！　地球人の味方です！
遠藤　人類の守り神です！
瀬田　日菜子ちゃん。いや、それは……
子供2　松永君。
子供達　嘘つきー！
（さらに大騒ぎになる）
深町　とうっ！

と、簡易なマスクを被り、赤いブルゾンを着た深町が登場。
なんとなく、ハイパーマンの雰囲気。

子供1　ハイパーマンだ！
深町　私の名はハイパーマン。
瀬田　がおー！
遠藤　お前はどっちの味方なんだ！
竹村　お前は敵か⁉
子供達　悪モンだー！

遠藤　味方か⁉
子供達　ヒーローだ！
日菜子　それは、
深町　それは？
子供達　それは⁉
苦情処理係　つづく！

音楽が始まる。
軽快な音楽。

瀬田　本日はどうもっ
苦情処理係　ありがとうございましたっ！
日菜子　出演は、地球防衛軍、苦情処理係のおにいさんとおねえさんとおじさん達でした！　さよなら！
遠藤　また会おう！
瀬田　がおー！
深町　とうっ！
竹村　歯磨けよ。金貯めろよ。死ぬなよ。

苦情処理係、踊り始める。
やがて、子供達も参加して陽気なフィナーレ。
踊りが終わる。
明かりが変わる。
子供達は去り、苦情処理係も去り始める。
遠藤と日菜子に明かり。

遠藤　日菜子ちゃん。今晩、飯食う?
日菜子　ごめんなさい。今晩は予定があるんです。
遠藤　うん、うん。いいの、いいの。分かった。じゃあ、またね。
日菜子　失礼します。
遠藤　(去りながら)F-24サンダー、墜落します。ドガーン! わははははっ!

遠藤、自虐的ギャグと共に去る。
マスクとブルゾンを脱いだ深町、出てくる。

16　日菜子のマンション

日菜子、派手な装飾を取りながら、

日菜子　テレビでも見ながら、待ってて下さい。もうすぐですから。
深町　ああ。ありがとう。

日菜子、去る。
深町、そわそわしながらテーブルにつく。
と、カレーがのったトレーを持って、日菜子登場。

日菜子　お待たせー！
深町　おお！　いい匂い。
日菜子　気に入ってもらえると嬉しいんですけど。
深町　もう匂いも見た目も美味しそう。
日菜子　さあ、どうぞ。

深町　それじゃあ、いただきます。

深町、スプーンで一口。

日菜子　……どう？
深町　……うまい！
日菜子　よかったあー。
深町　うん。うまい。これが手作りカレーか。やっぱり、レストランとは味が違うね。
日菜子　えっ？
深町　えっ？
日菜子　やっぱり、深町さん、手作りカレー、食べたことないんですか？　母親に作ってもらわなかったんですか？
深町　うん。母親、料理嫌いで。全部、スーパーのお惣菜か、コンビニの弁当か、出前だったから。
日菜子　そんなあ。ひょっとして、手作りの肉じゃがも食べたことないんですか？
深町　未知の食い物だね。
日菜子　じゃあ、次は肉じゃが、作りますね。
深町　ありがとう。……よかった。この星に来てよかった。

日菜子　星に来て？
深町　えっ？　星に来て……ほしにきて……干しに来てあげようか、ふとん？
日菜子　いいえ、ふとんはいいです。
深町　そうだよね。ふとんはいいよね。（また一口）美味しいなあ。
日菜子　（一口）うん。いい感じ。
深町　……今日は、ありがとう。
日菜子　えっ？
深町　ハイパーマンの格好、一応、用意した方が良いって言ってくれて。
日菜子　はい。子供達、やっぱり、ハイパーマンが好きでしたね。
深町　嫌いな子も多かったけどね。
日菜子　悔しいですよね。ハイパーマン、ちゃんと人間の味方だって言えなくて。
深町　本部が正式コメント出してないんだから、瀬田さんも、勝手なこと言えないよ。
日菜子　味方に決まってるのに。
深町　……そうだね。
日菜子　そんなことも認めないんなら、もう、人間の味方、やめちゃえばいいんですよね。
深町　えっ……。
日菜子　（独り言のように暗く）やめちゃえばいいんですよ。
深町　……。

別空間に電話している佐々木と遠藤。

佐々木　遠藤さん、いつになったら、「特別罹災証明書」出してもらえるんですか？
遠藤　どうしてこの番号が分かったんだ？
佐々木　簡単なことですよ。あなたのマンションに行かないだけ、感謝してもらわないと。
遠藤　……。
佐々木　もう待てないんですよ。由美、マスコミに証言していいって言ってますよ。
遠藤　えっ。
佐々木　あと一回でいいんだよ。あと一回、「特別罹災証明書」を出してくれれば、それでいいんだよ。
遠藤　本当に彼女が証言するって言ってるのか。
佐々木　俺は嘘は言わないよ。ねえ、遠藤さん、一回だけだよ。
遠藤　……。

佐々木と遠藤の明かり、落ちる。
深町と日菜子に明かり。
ベランダでビールを飲んでいる深町と日菜子。

深町　7階って、結構、高いね。
日菜子　夜景、いいでしょ。
深町　うん。引っ越したくなる。
日菜子　……深町さんは、どうして苦情処理係に入ったんですか？
深町　人の役に立ちたかったからかなあ。
日菜子　役に。
深町　なんの取り柄もなくてさ、自慢できることもなかったし、なんか、ちゃんとした自分になりたかったんだ。
日菜子　ちゃんとした自分。
深町　正しいことをして、役に立とうと思ったの。
日菜子　正しいことか……。
深町　あの黒くなってるところが、新宿の西口かな。光が全然ないね。
日菜子　うん。ブラックホールみたい。

遠くを見つめる二人。
音楽が流れてくる。
『Close to me』（作詞・作曲　長澤知之）

ダンスのようなもの。
やがて、見つめ合う二人。
暗転。

17　苦情処理係ルーム

瀬田、遠藤、竹村がパソコンに向かって働いている。（電話はまだ鳴っていない）
遠藤は、どこか、心ここにあらずという感じ。
深町と日菜子が飛び込んでくる。

深町　すみませんでした！
日菜子　遅くなりました！
竹村　二人そろって遅刻か。うふっ。やるなあ。
深町　本当にすみません。
日菜子　すみません。
遠藤　え⁉　どういうこと？　なんで二人、一緒なの？
深町・日菜子　（戸惑う）
瀬田　遠藤。馬に蹴られるぞ。
遠藤　えっ？　馬？　（周りを見て）なんで馬？
竹村　「人の恋路《こいじ》を邪魔する奴は、馬に蹴られて死んじまえ」って、昔の人は言ってたんだよ。

瀬田　「昔の人」って言わない。
遠藤　恋路って、恋のじ？　じって何？
瀬田　道だよ。恋の道。
遠藤　ちょっと待った！　今、二人、お互いをチラッと恥ずかしそうに見たよね。ほんとなの⁉
どーいうこと⁉　俺、聞いてないよ！

と、アラーム音が鳴り響く。

瀬田　何⁉
深町　また怪獣か⁉
日菜子　そんな！
遠藤　まだ話は終わってないのに！
竹村　ハイパーマンが出てきてから、怪獣、妙に多いな。
深町・日菜子　えっ。

アナウンサーの声が聞こえてきた瞬間、苦情処理係はストップモーション。ただし、深町だけが飛び出す。
その姿に気づいた日菜子、続いて飛び出す。

立ち尽くす彼らの姿に、怪獣メガバロンの暴れる写真が、大きく何枚も重ねられる。
人々の悲鳴。
怪獣メガバロンの咆哮。
写真にアナウンサーの声が重なる。

男性アナウンサー（声）　なんということでしょうか！　一昨日に続いて、巨大不明生物の襲来です。一週間に三度。こんなことは、怪獣が出現して3年。初めてのことです。まさに異常事態です。巨大不明生物36号は、メガバロンと命名されました！　現在、品川から横浜方面に向かって、破壊を続けながら進んでいます。関係方面のみなさんは、ただちに避難して下さい。

苦情処理係は、写真が映されている中、去る。
ハイパーマンが出てきて戦う写真に変わる。

男性アナウンサー（声）　ハイパーマンです！　ハイパーマンが現れました！　ああ！　メガバロン、いきなりハイパーマンにドロップキック！　倒れるハイパーマン！　品川駅が潰れました！　メガバロン、ハイパーマンを抱え上げて、放り投げました！　品川プリンスホテルと水族館が壊滅しました！

人々の悲鳴。

「魚が！　イルカが！」

暗転。

音も小さくなる。

18　屋上

深町がぽつんといる。
日菜子がやってくる。

日菜子　深町さん。
深町　あ。ごめん。すぐに戻る。
日菜子　瀬田さんが今日はもう、終わろうって。
深町　（時計を見て）まだ、6時だよ。
日菜子　抗議の電話、キリがないから。長期戦に備えようって。
深町　そう……。
日菜子　（深町に）落ち込みますよね。あんなに、ハイパーマンの悪口言われたら。
深町　いや……。
日菜子　今日は肉じゃが、作りましょうか？
深町　えっ……ありがとう。遅刻しないようにしないとね。
日菜子　（微笑む）

深町　（微笑む）

日菜子　深町さん、どうして、戦うんですか？

深町　えっ？

日菜子　どうして戦うんですか？

深町　どういう意味？　僕達は苦情を受け付けるのが仕事だよ。

日菜子　私、見たんです。

深町　えっ？

日菜子　深町さんがハイパーマンに変身するところ。

深町　！

日菜子　深町さんが部屋を飛び出した後、ずっと後《あと》を追っかけてたんです。深町さん、ハイパーマンに変わりました。私、この目で見ました。

深町　……なんか見間違いなんじゃないの。僕がハイパーマンなわけないでしょ！　日菜ちゃん、そんなこと言ってたら、頭がおかしくなったって思われるよ。

日菜子　私に嘘をつくんですか？

深町　……。

日菜子　でも、私、深町さんがハイパーマンだってことに、そんなに驚いてないんです。

深町　えっ？

日菜子　なんか、そんな予感してたんです。深町さんの真面目さとハイパーマンの真面目さ、似てるなって思ってたから。
深町　真面目さ……。
日菜子　だから、分からないのは、そこじゃないんです。分からないのは、どうして、こんな人達のためにハイパーマンは戦うかってことなんです。
深町　……平気なの？
日菜子　え？
深町　僕がハイパーマンだって分かっても平気なの。
日菜子　はい。
深町　どうして？　僕、ハイパーマンだよ。宇宙人なんだよ。ずっと遠い遠い星から来た宇宙人なんだよ。
日菜子　ハイパーマンですもんね。
深町　僕達、つきあいだしたよね。
日菜子　はい。
深町　ということは、恋人同士ってことだよね。
日菜子　（照れながら）はい。
深町　なのに、僕がハイパーマンで平気なの？　宇宙人でもいいの？
日菜子　はい。
深町　どうして？

日菜子　だって、私も宇宙人ですから。

間

深町　は？
日菜子　私も宇宙人です。アートン星人です。
深町　日菜子ちゃん、頭おかしくなった？　僕がハイパーマンだと分かって壊れちゃった？
日菜子　私、宇宙人です。なんなら、今、本来の姿に戻りましょうか？
深町　……ほんとに？
日菜子　ほんとに。
深町　そんな……。
日菜子　私達の気が合ったのは、二人とも、遠い星からやってきたからだと思います。異国の地にいるよそ者同士だから。
深町　よそ者同士……。
日菜子　どうして助けるんですか？
深町　えっ？
日菜子　私、理解できないんです。怪獣と戦って死ぬかもしれないのに、感謝もリスペクトもないのに、どうして、地球人を助けるんですか？

深町　それは……僕は宇宙平和維持軍の兵士だから。平和を守るのが僕の仕事なんだ。
日菜子　それは正しい仕事なんですか？
深町　えっ？　日菜ちゃん、何が言いたいの？
日菜子　私、この星の人達を守る必要はないと思うんです。怪獣にやられるのは、自業自得です。原因は地球人にあるんですから。
深町　日菜ちゃん……
日菜子　私の故郷、アートン星は暴走したプラズマエネルギーによって、滅びる寸前なんです。だから、今、移住できる星を探しているんです。
深町　移住……。
日菜子　時間がないんです。こうやって今、話している瞬間にも、プラズマエネルギーによって、仲間は次々と死んでいるんです。
深町　えっ、日菜ちゃん、まさか……
日菜子　はい。この星は、私達の第二の故郷に相応しい場所です。私は地球に仲間を呼ぶつもりです。
深町　ちょっと待って！　そんなことをしたら、
日菜子　そんなことをしたら、深町さんと戦わなければいけなくなります。そんなことしたくない。絶対にしたくない。深町さん、この星を第二のアートン星にするために協力してくれませんか？

深町　何言ってるんだ！　この星は地球人のものだよ！
日菜子　深町さん。地球の悲鳴が聞こえてるでしょう。
深町　えっ？
日菜子　私も深町さんも、地球人にトランスフォームできる能力がある。私達は同じ宇宙種族です。だって、昨日、ちゃんとエッチもできたし……。
深町　えっ？
日菜子　恥ずかしいこと、言わせないで下さい。
深町　自分で言ったんじゃないか。
日菜子　耳をすませば、地球の悲鳴が聞こえてきます。人間によって汚《けが》され、破壊され、汚染され、捨てられ、無視されている地球の悲鳴がはっきりと聞こえます。深町さんにも聞こえるでしょう！　この声に応えるのが正義じゃないんですか！
深町　君達は、プラズマエネルギーを暴走させて故郷の星を破壊したんだろう。地球人のことを悪く言えないじゃないか。
日菜子　そうです。私達は、自分達の手に負えないエネルギーを使ったことを心の底から悔やみました。あやまちは繰り返しません。深町さん、青く美しいこの星を地球人から救い出しましょう。一緒に地球人と戦って下さい。
深町　そんなことができるわけないだろう。
日菜子　どうして！　地球を救うことが正義です！

深町　（ハッと）君は、僕にこのことを言うために、苦情処理係に来たのか？　わざと僕に近づいたのか？
日菜子　そうです。宇宙平和維持軍の情報を知っていました。
深町　日菜ちゃん！
日菜子　でも、今は違います。私は深町さんと共に生きていたい。仲間に深町さんを殺させたくない。
深町　殺す⁉　僕を殺しても、「宇宙平和維持軍」から次の兵士がやってくるだけなんだぞ。君達の戦いは、（永遠に）
日菜子　そんなことは分かっています！　だから、深町さん、お願いです！　宇宙平和維持軍に嘘の報告をして下さい。
深町　何⁉
日菜子　私達の仲間が来ても、地球は平和で、何事も起こってないって報告して下さい。
深町　そんなことができるわけないじゃないか！
日菜子　私考えたんです。考えて考えて、これが唯一、私と深町さんが一緒に生きられる方法なんです！　他にはないんです！
深町　どうして？
日菜子　えっ？
深町　どうしてそんな不可能なことを言うの⁉　そんなこと、できるわけないじゃないか。

日菜子　……あなたが好きだから。
深町　えっ？
日菜子　あなたとずっと一緒にいたいから。
深町　……。
日菜子　深町さん、お願い！
深町　そんなこと、できるわけないだろ！

深町、去る。

日菜子　深町さん！

暗転。

19　苦情処理係ルーム

すぐに明かり。
遠藤が一人で棚に向かってなにやらゴソゴソとしている。
竹村が入ってくる。

竹村　遠藤。
遠藤　(悲鳴)

遠藤、慌てていろんなものをとっ散らかす。

竹村　どうした?　まだ帰ってなかったのか。
遠藤　(慌てて)あ、はい。はい。

ごまかそうとする遠藤。

竹村　なんだよ？

竹村、近づく。

遠藤　いえ、なんでもないんです。
竹村　なんでもない？　その書類はなんだ？
遠藤　いえ、ちょっと、

竹村、素早く遠藤が持っている書類を奪い、

竹村　「特別罹災証明書」じゃないか。お前、これをどうするつもりなんだ？
遠藤　なにもしませんよ。ただ、書類を整理していただけです。すぐに戻しますよ。「特別罹災証明書」はここ、と。重要な書類だからね、間違わないように。

遠藤、慌てて書類を棚に戻す。

竹村　遠藤、
遠藤　それじゃあ、失礼します。

遠藤、急いで去る。

竹村　……。

竹村、なにやら棚に向かってゴソゴソし始める。
と、瀬田が入ってくる。

瀬田　まだいたのか？
竹村　（悲鳴）
深町　どうした？
竹村　いえ、ちょっと。
瀬田　ちょっと、どうした？
竹村　別にたいしたことじゃないです。明日のために、整理しておこうと思って。それじゃあ、お疲れさまでした。

竹村、そそくさと去ろうとする。

瀬田　やめないでくれて、ありがとう。
竹村　えっ。
瀬田　お前を失うと諦《あきら》めていた。
竹村　……。
瀬田　竹村。今はこんなに悲しくて、涙もかれ果てて、もう二度と笑顔にはなれそうもないけど、
竹村　瀬田さん……
瀬田　そんな時代もあったねと、いつか話せる日がくるわ。あんな時代もあったねと、きっと笑って話せるわ。回る、回るよ。時代は回る、
竹村　中島みゆきはやめて下さい！
瀬田　いや、竹村なら、分かってくれると思って。みゆきさんの名曲『時代』にどれほど慰《なぐさ》められたか。
竹村　突然、歌詞を言っても冗談にしか聞こえません。やめて下さい。
瀬田　そうか。竹村、俺達は俺達なりに必死で戦っているんだ。
竹村　えっ？
瀬田　地球防衛軍の航空隊だけが戦っているんじゃない。苦情処理係だって、戦っているんだ。竹村。戦う君の歌を、戦わない奴らが笑うだろう。
瀬田・竹村　ファイト！
竹村　中島みゆきはやめろ！

瀬田　すぐに分かってもらって嬉しいよ。同世代に出会ったような気持ちだ。
竹村　同世代じゃないです。
瀬田　仲間に入れてくれよ。
竹村　……いつまでこんなことを続けるんですか？
瀬田　中島みゆきで慰めるシリーズか？　まだまだ続くぞ。風の中のすばる。砂の中の銀河。みんなどこへ行った！
竹村　違う！　苦情処理係をいつまで続けるつもりなんですか？
瀬田　苦情が続く限り。
竹村　……私はパイロットを絶対に許しませんよ。

竹村、去る。
電話が鳴る。
瀬田、鳴っている電話を見つめ、決心したような顔で取る。
まゆが現れる。

瀬田　はい。地球防衛軍、苦情処理係。
まゆ　人殺し。
瀬田　あの時、

まゆ、電話を切る。
去る、まゆ。
瀬田はかまわず、話し続ける。

瀬田　あの時、ミサイルの向こうに、君のお母さんとお父さんの顔がはっきりと見えた。凍りついた顔で、一直線に近づいてくるミサイルをただ見つめていた。私は、叫んだ。何を言っているのか自分でも分からなかった。逃げろと言ったのか、そんなバカなと言ったのか、許してくれと言ったのか。私は、叫び続けていた。まゆちゃん、君の家がスローモーションのようにゆっくりと爆発した。激しく広がる炎と煙と、飛び散る破片の中で、君のお母さんとお父さんの姿は見えなくなっていった。私は何度も何度も、形の無くなった君の家の上を飛んだ。言葉にならない言葉を叫びながら、ずっと地面を見続けた。必死になって君のお母さんとお父さんを探した。探しても探しても、君のお母さんとお父さんは……

肩が震える瀬田。
入口に竹村の姿が現れる。
竹村、じっと瀬田を見つめる。
暗転。

20　日菜子のマンション

暗転の中、ドアチャイムの音。
明かりつく。
日菜子がいる。
深町が入ってくる。
日菜子、深町をハグしようとする。
深町、それを手で止める。

日菜子　……肉じゃが、作ったよ。自分で言うのもなんだけど、美味しいよ。
深町　……君がもし、仲間に嘘をついたら？　この星は私達に相応しくないって。そしたら、僕達は一緒に暮らせないか？
日菜子　そうしたら、私はすぐに次の星を探す命令を受けて、地球を離れる。
深町　……。
日菜子　仲間が死んでいるのに、私だけ幸せにはなれない。
深町　どうしたらいいんだよ！　僕は宇宙平和維持軍の兵士として、この星の平和を守る義務が

日菜子　あるんだ！　ねえ、始まりは「宇宙統一軍」なんだから！　それに地球の悪意が加わったんだから、深町さんの義務じゃないよ！

深町　なに？

日菜子　怪獣と戦わなくても、責められたりしないよ！　深町さんには何の責任もないんだから。

深町　何言ってるの？

日菜子　えっ？

深町　えっ？

日菜子　……だから、クウォンタムエネルギーの話。

深町　クウォンタムエネルギー……？

日菜子　まさか……信じられない。知らないの？　どうして怪獣が生まれるようになったのか。教えられてないの⁉

深町　どういうこと⁉　どうして怪獣が生まれるようになったの⁉

日菜子　宇宙暦２３６４５年に「宇宙統一軍」は、希望の光を与える目的でクウォンタムエネルギーを全宇宙に放出したの。でも、計算外の位相転移が起こって、正反対の暗黒を生むことになってしまった。

深町　暗黒？

日菜子　クウォンタムエネルギーは、その星のネガティブなエネルギーを怪獣という形で実体化させたの。昨日、ハイパーマンが倒したメガバロンは、日本中のいじめられた子供達の怒りや絶望、悲しみが実体化した怪獣だった。ギガガランは、この街の怒りや絶望、憎しみが実体化したもの。

深町　そんな……。

日菜子　いろんな星で次々とネガティブな精神が実体化して怪獣が生まれた。「宇宙統一軍」は、大慌てで「宇宙平和維持軍」と名前を変えて、自分達が生んだ怪獣を倒すために、宇宙各地に兵士を送り込んでるの。だから、深町さんも地球に来たのよ。

深町　嘘だ！　そんなことあるわけがない！　デタラメもいい加減にしろ！

日菜子　私は深町さんに嘘は言わない。

深町　だって、それじゃあ、僕は自分達の失敗の責任を取るために戦ってるってことじゃないか。

日菜子　そう。

深町　……だったら、

日菜子　だったら？

深町　この戦いのどこに正義があるんだ？

日菜子　……私達、アートン星人は、失敗を隠したまま、宇宙平和維持軍を結成することに反対した。怪獣の出現は自分達のせいだと星の人達に発表しろと。でも、宇宙平和維持軍は過失責任の大きさに怯えて事実を隠したの。……まさか、自分達の兵士にまで黙っていたなんて。

深町　……。
日菜子　これでもう、地球を怪獣から守る理由はなくなったよね。
深町　えっ？
日菜子　人間達は自分達で自分達を攻撃している。自業自得。ハイパーマンが守る理由なんかない。
深町　……本部に問い合わせる。君の言っていることが本当かどうか。
日菜子　本当よ！　私は深町さんに嘘は言わない！
深町　君の言うことが本当なら、それをすべての星の住民と宇宙平和維持軍の兵士に発表するように要求する。

深町、去ろうとする。
日菜子、後ろから、深町を抱きしめる。

日菜子　深町さん！　私は深町さんには絶対に嘘は言わない！　お願い！　一緒に地球を救って！　一緒に人間達と戦って！　嘘の報告をして！　時間がないの！　深町さん！

深町、日菜子の手をほどく。

深町　本部に確認する。

深町、去る。
追いかける日菜子。

日菜子　待って！

すぐに、日菜子、深町を押し戻して来る。
ただし、その姿はアートン星人になっている。
巨大な一つ目の宇宙人だ。

深町　……。
日菜子　深町さん。これが私の本当の姿。私は、深町さんになんの嘘もついてない。私と一緒に戦って。お願い。
深町　日菜ちゃん……。
日菜子　この瞬間にも、仲間はプラズマエネルギーの暴走で次々と死んでいるの。深町さん。あなたと一緒に生きていきたい。お願い。私達の仲間になって！
深町　宇宙平和維持軍に問い合わせる！

深町、走り去る。

日菜子　深町さん！

と、呼び出し音。
すぐに点滅するデバイスに駆け寄る日菜子。

日菜子　はい。すみません。もう少し待って下さい。まだ調査が終了してないんです。分かってます。時間がないことは分かっています！

必死なアートン星人の姿の日菜子。
そのまま、暗転。

21　深町のマンション

暗転の中、声が聞こえる。

ゾーン（声）　バカなことを言うんじゃない！

すぐに明かり。
ゾーン・チーフと話している深町。

ゾーン　アートン星人の言ってることを信じるのか⁉　宇宙平和維持軍兵士として恥を知れ！　アートン星人は、宇宙の平和を乱す、悪魔の手先だ！　そんなことも知らないのか⁉

深町　……。

ゾーン　いいか、はっきり覚えておけ。アートン星人は大嘘つきだ！　宇宙の歴史を自分達の好きなように書き変える奴らなんだ！

深町　では、怪獣と、クウォンタムエネルギーは何の関係もないのですか？

ゾーン　我々がクウォンタムエネルギーを全宇宙に向けて放出したのは事実だ。

深町　！

ゾーン　だがそれは、宇宙に災いをもたらす星々を見つけるためだ。狙い通り、邪悪な精神に満ちた星には、何千、何万という怪獣が一気に生まれ、自ら滅亡した。我々は、輝かしい方法で宇宙の平和を守ったのだ。

深町　輝かしい方法……。

ゾーン　将来、間違いなく宇宙に争いを起こす星を、その星自らのネガティブなエネルギーで自滅させたのだ。これは、全宇宙に胸を張って自慢できる正義の行動だ。

深町　それでは、そのことを私達兵士や星の人々に発表するべきじゃないですか？　怪獣は、我々が作ったんだと。

ゾーン　作ったのではない。きっかけを与えただけだ。ネガティブなエネルギーが少なくて、巨大な怪獣の形に実体化しなかった星も数多く存在する。

深町　では、少なくともきっかけを作ったのは、私達宇宙平和維持軍だと知らせるべきじゃないですか？

ゾーン　作戦上、その必要はない。

深町　どうしてです？

ゾーン　今、ハイパーマンを怪獣の仲間と思っている地球人は多いだろう。怪獣を実体化するきっかけを作ったのが我々だと知れば、地球人は完全にハイパーマンを憎み、攻撃するだろう。地球のために、地球のネガティブな精神である怪獣と戦っているハイパーマンを攻撃する。

深町　こんな愚かな選択をさせてはいけない。

ゾーン　……しかし、私達が原因で生まれた怪獣を倒すことは、正義の戦いなんでしょうか⁉

深町　いいか。クウォンタムエネルギーによって、宇宙の邪悪な星は全滅した。だが、作戦には犠牲がつきものだ。地球のように、少数の怪獣が定期的に現れる星で、星の人達に代わって怪獣を倒す。正義そのものじゃないか。

ゾーン　そんな……。

深町　早めに殺せよ。

ゾーン　えっ？

深町　そのアートン星人は、まだ仲間に地球に来いと連絡してないんだな。

ゾーン　そうだと思います。

深町　連絡される前に殺せ。

ゾーン　……。

深町　そうしなければ、お前が殺されるぞ。

ゾーン　……。

深町　聞いているのか！

ゾーン　は、はい。

深町　お前が殺された後、地球は宇宙平和維持軍とアートン星人の戦場になる。多くの地球人が死ぬだろう。それがお前の望みか？　お前の考える正義か？

深町　いえ……。
ゾーン　早く、殺せ。報告を待ってるぞ。
ゾーン・チーフ、消える。
深町　……。
暗転。

22　苦情処理係ルーム

テレビで、評論家の男と、スピリチュアル系の女が叫んでいる。

評論家男　いいですか！　ハイパーマンと呼ばれる奴が出てきてから、怪獣の出現率が大幅にアップしたんですよ。以前は、一カ月から二カ月に一回でしたよね。それがどうです？　四日で三度。三度ですよ！　これはもう間違いなくハイパーマンのせいです！　ハイパーマンがいなければ、こんなに怪獣が出ることはないんですよ。

スピリチュアル系女　そうじゃ！　ハイパーマンのせいじゃ！　ハイパーマンが怪獣の国から怪獣達を次々と呼んでおるのじゃ。だから、怪獣は突然、出現するのじゃ。ハイパーマンがこの国と怪獣の国の通路を開けたのじゃ！　ハイパーマンさえいなければ、怪獣は、元の出現率に戻る!!　一番の諸悪の根源はハイパーマンじゃ！　これが世界の真実じゃ！　きえーっ!!

テレビを見ていた日菜子、遠藤、竹村。

遠藤がテレビを消す。

日菜子　よくこんなムチャクチャ、言えますよね。
竹村　かなり、ハイパーマンは敵だっていうムードだなあ。
遠藤　抗議の電話とメールも、どんどん増えてますよね。勘弁して欲しいですよ。

電話が鳴る。
竹村が出る。

竹村　はい。地球防衛軍、苦情処理係です。

まゆの姿が現れる。

まゆ　瀬田さん、お願いします。
竹村　瀬田は会議で席を外しております。
まゆ　そうですか。
竹村　ご伝言、お預かりしましょうか？

まゆ、竹村のセリフの途中で電話を切る。

竹村　……。

遠藤　なんですか?

竹村　いや。

深町、入ってくる。

深町　おはようございます。

遠藤　深町、遅刻だぞ~。隊長がいなくてよかったなあ。

竹村　さて、仕事するか。

深町、日菜子の視線を避けるように、自分の椅子に座る。
遠藤と竹村も席につく。
電話が鳴らない間は、パソコンのメール対応。
日菜子、そのまま深町に近づき、

日菜子　深町さん。ブラックと思われる苦情メールの返信、書いたんですけど、チェックしてくれませんか?　今から送りますね。

深町　（目を合わせない）すみません。今、忙しいんで、

日菜子　時間、ある時でいいんで、お願いします。

深町　……遠藤に言って下さい。

日菜子　……。

遠藤　呼んだ？

日菜子　分かりました。自分でやります。

遠藤　日菜子ちゃん、遠慮しなくていいんだよ。

日菜子　（自分の席に戻って）深町さん。３２４号のメール、どう返したらいいんでしたっけ？

深町　……。

遠藤　ん？　日菜子ちゃん、どれ？

日菜子　すみません。深町さんに教えてもらったやつなので。

遠藤　あ、そう。

日菜子　すみません、深町さん。

深町　……遠藤に聞いて下さい。

遠藤　呼んだ？

日菜子　いえ。大丈夫です。思い出しました。

遠藤　……。

日菜子、書類を持って立ち上がり、深町まで近づき、

日菜子　深町さん。この書類、どうしたらいいですか？

深町　……。

遠藤　……日菜子ちゃん、なにかな？　って言わない方がいいかな？

深町　遠藤に聞いて下さい。

遠藤　呼んだ⁉

日菜子、走り去る。

遠藤　日菜子ちゃん！

深町、日菜子を無視して作業を続ける。

遠藤　なぜだ⁉　いつのまに、どうしてこんなに嫌われたんだ⁉　俺が何をした！

竹村　何もしてないいんじゃないか。

遠藤　（ハッと）もめてるのか⁉　もう、もめてるのか⁉　もう痴話喧嘩なのか⁉（さらにハッと）ええっ⁉　ふったのか⁉　お前、日菜子ちゃんをふったのか⁉　お前がふったのか⁉

竹村　お前があの日菜子ちゃんをふったのか⁉
遠藤　うるさいよ。
竹村　深町！　お前、日菜子ちゃんを不幸にしてみろ！　俺が許さないからな！
遠藤　お前、日菜子ちゃんのなんなんだ？
竹村　その他大勢です！　深町！　なんか言え！　ふったのか⁉　ただもめてるだけなのか！
遠藤　ただすねてじゃれてるだけなのか⁉　正しい情報をくれ！　お前達はどんな恋路を歩いているんだ⁉　大通りか、獣道《けものみち》か？
竹村　……恋路って言葉は覚えたんだな。
遠藤　深町！

と、アラーム音。
竹村、テレビをつける。
男性アナウンサーが現れる。

男性アナウンサー　巨大不明生物37号が突然、渋谷地区に現れました。なんということでしょう！　これで、一週間に5回目の襲撃です。ご覧下さい！　怪獣というよりは、邪悪な巨大宇宙人という姿です。

深町、その姿に衝撃を受ける。
そのまま、部屋を飛び出す深町。

遠藤　深町！　瀬田隊長の指示を待たないと！
竹村　深町！
遠藤　竹村さん。隊長に連絡、お願いします。僕は苦情電話のために待機します。
竹村　分かった。

竹村、携帯で電話しながら去る。

遠藤　……。

周りを見回す遠藤。
棚に目を止める。
暗転。

23　渋谷の街

人々の悲鳴が聞こえる。

アナウンサーの言葉の途中で、紗幕に渋谷の街が映される。

所々、煙が上がり燃えている。(アナウンサーの姿は紗幕の一部に映される)

男性アナウンサー　渋谷方面にいらっしゃる方は至急避難して下さい。巨大不明生物37号は、渋谷駅前で暴れています。今の所、どこかを目指そうという気配はありません。ええっ!　今、巨大不明生物37号から通信が入ったと、地球防衛軍本部から連絡がありました!　メッセージです!

燃える渋谷の風景が映る紗幕の奥、舞台にアートン星人の姿が見えてくる。

男性アナウンサー　巨大不明生物37号からのメッセージです。読みます!「我々はアートン星人である。地球を守るためにやってきた」!?

渋谷の風景が映された紗幕の奥の舞台に、ハイパーマンが現れる。
紗幕の奥で、対峙するハイパーマンとアートン星人。

男性アナウンサー　ハイパーマンです！　敵なのか味方なのか。今日、分かるのでしょうか？　ネットで行われたアンケートでは、ほぼ78パーセントがハイパーマンは敵だと考えているようです。

アートン星人が突然、ハイパーマンに体当たり。
そのまま、ハイパーマンと一緒に倒れる。

男性アナウンサー　おっと！　アートン星人、ハイパーマンに体当たりしました！　渋谷の駅前、ツタヤが潰されます！

紗幕に映るツタヤ、壊れる。
そのまま、アートン星人、ハイパーマンを投げ飛ばす。

男性アナウンサー　ああ！　アートン星人、ハイパーマンを投げ飛ばしました！　ハイパーマン、道玄坂を転がっていきます！　渋谷１０９、東急Ｂｕｎｋａｍｕｒａ壊滅です！

紗幕に映る道玄坂、崩壊していく。

ハイパーマンが起き上がり、アートン星人を止めようとすると、アートン星人は簡単に後ろに倒れる。

驚くハイパーマン。

男性アナウンサー　ハイパーマン、アートン星人を突き飛ばしました！　アートン星人、倒れます！　ハチ公の銅像を潰しました！

紗幕に映るハチ公の銅像、潰れる。

起き上がったアートン星人、ハイパーマンに駆け寄り体当たり。

ハイパーマン、ぐっと堪《こら》える。

男性アナウンサー　ああ！　アートン星人、再びアタック！　ハイパーマン、堪えます！　ハイパーマン、踏ん張った！

アートン星人、ハイパーマンを殴る。ハイパーマン、再び、アートン星人を押し返す。

アートン星人、簡単に倒れる。

男性アナウンサー　ああっ、アートン星人、ハイパーマンに押されます。ああ、倒れました！　渋谷駅が壊れます！

紗幕に映る渋谷駅の一部が崩壊する。

男性アナウンサー　ハイパーマンとアートン星人、渋谷を壊していきます！

アートン星人、ハイパーマンと組み合う。

ハイパーマンを倒そうすとるアートン星人。踏ん張るハイパーマン。

お互いがお互いの腕を掴んで押し合う。

アートン星人、叫ぶ。

その瞬間、紗幕に渋谷の風景ではなく、戦うハイパーマンとアートン星人の映像が映る。

（アナウンサーの映像も消える）

（紗幕の奥の明かりが消え、ハイパーマンとアートン星人の着ぐるみの姿は見えなくなる）

紗幕に映る映像のハイパーマン、アートン星人を突き放す。

映像のハイパーマンとアートン星人、少し離れ、睨み合う。

その瞬間、紗幕の奥で、深町と日菜子が睨み合っている姿が浮かび上がってくる。

深町　日菜ちゃん！　やめるんだ！　こんなことをしても意味はない！
日菜子　深町さん！　一緒に街を壊して！

以後、映像のハイパーマンとアートン星人の動きと、その奥に見える深町と日菜子の動きはシンクロする。

映像では、ハイパーマンとアートン星人が戦い、舞台の上では、深町と日菜子が戦う。

アートン星人、ハイパーマンに体当たりする映像。

日菜子も深町にぶつかる。

ハイパーマン、堪える。深町も踏ん張る。

アートン星人、ハイパーマンにキック。


男性アナウンサー（声）　アートン星人、キックです！　ハイパーマンを掴んだ！　パンチです！　ハイパーマン、殴られます！


動きがシンクロして、日菜子も深町を殴る。

ハイパーマン・深町、思わず殴り返そうとする。が、その手が止まる。


男性アナウンサー（声）　どうしたんでしょう⁉　ハイパーマン、殴る手を止めました！　どうした、ハ

イパーマン⁉

動きが止まるハイパーマン・深町。
もう一度、ハイパーマン・深町を殴る、アートン星人・日菜子。
そして、自分の顔を差し出す。
が、ハイパーマン・深町、殴れない。
通路に瀬田が現れる。

瀬田　どうしたハイパーマン、なぜ殴らない！

ハイパーマン・深町を突き飛ばすアートン星人・日菜子。さらにパンチ。
ハイパーマン・深町、倒れる。

男性アナウンサー（声）　ハイパーマン、倒されます。ああ、倒れるハイパーマンの背中に人影が見えました！

瀬田　ハイパーマン！　戦わないと敵だと思われるぞ！　戦え！

アートン星人・日菜子、反撃を予想して身構える。

だが、ハイパーマン・深町は起き上がり、何もしない。
アートン星人・日菜子は、ハイパーマン・深町にキック。
踏ん張るハイパーマン・深町。

深町　日菜ちゃん！　やめるんだ！

日菜子　深町さん！　私の仲間になって！

キックを警戒する仕種のアートン星人・日菜子。
だが、ハイパーマン・深町は何もしない。

男性アナウンサー（声）　どうしたんでしょうか⁉　ハイパーマン、おかしいです！　まるでアートン星人の仲間のように、攻撃をしません！

瀬田　ハイパーマン、ダメだ！　その戦い方はダメだ！

ハイパーマン・深町、アートン星人・日菜子を掴み、押し続ける。

深町　渋谷から離れるんだ！

日菜子　一緒に街を壊して！

アートン星人・日菜子、もがいて離れ、そのまま、派手に倒れる。

男性アナウンサー（声）　ああ！　ハイパーマン、アートン星人を振り回して放り投げました！　駅前は完全に壊滅です！

ハイパーマン・深町、Mビームを発動させるための動きを始める。
ハイパーマン・深町の身体が光に包まれ始める。
身構えるアートン星人・日菜子。
ハイパーマン・深町、いきなり、アートン星人・日菜子を抱きしめる。

深町　日菜ちゃん！

日菜子　離して！

次の瞬間、ハイパーマン・深町の全身が光線に包まれる。
痙攣《けいれん》するハイパーマン・深町とアートン星人・日菜子。

日菜子　（悲鳴）

深町　（悲鳴）
瀬田　ハイパーマン！

激しい光の後に、暗転。

男性アナウンサー（声）　ああ！　何が起こったのでしょうか！　突然、ハイパーマンとアートン星人の姿が消えました！　ハイパーマンは、自分の光線を自分とアートン星人に浴びせたようです。どういうことでしょう⁉　まったく理解できません！

24　苦情処理係ルームと道

明かりつくと、遠藤が一人で棚の前に立っている。
竹村が登場。

竹村　どうしても、「特別罹災証明書」の申し込み用紙とハンコが必要なんだな。
遠藤　えっ!?

硬直する遠藤。
別空間に意識がモウロウとした日菜子の手を肩に回して支えながら歩いている深町。
崩れた街。
瀬田が飛び出てくる。

瀬田　深町！　松永君！　どうしたんだ？
深町　ハイパーマンとアートン星人の戦いに巻き込まれて。
瀬田　松永君！　大丈夫か！

日菜子　……（かすかにうなづく）
瀬田　どこにいたんだ⁉　連絡しないとダメじゃないか。とにかく病院だな！
深町　すみません。
瀬田　防衛軍本部の救急センターに行こう！

瀬田、反対側から日菜子を支えて、去る。
硬直している遠藤と竹村に明かり。
苦情処理係ルーム。

竹村　どうして、園田由美にニセの「特別罹災証明書」を発行したんだ？
遠藤　……可哀相だったんです。アパートは一部損だから補償金は雀の涙で、でも、勤め先が怪獣に壊されて無職になって、シングルマザーで、子供が二人いて……
竹村　そんなケース、珍しくないだろう。
遠藤　苦情処理係になって、初めて受けた電話だったんです。もう生きる望みがない、どうしたらいいか分からないって泣いてて。「特別罹災証明書」に、本人も子供達も怪獣の宇宙光線を浴びたって書いたら、やっと生活できるお金が出て、
竹村　そんなことをする前に、どうして俺に相談しなかったんだ！
遠藤　竹村さん。苦情係に電話してくる奴、みんな、クソだって言ってたから……

竹村　……。

　瀬田と深町が現れる。

瀬田　……そうか。
遠藤　すみませんでした！　でも、一回だけなんです！　この時の一回だけ！　すぐに、自分のしたことの意味が分かって。でも、園田由美さんの今つきあってる男が、またやれって脅して。そうしないと、昔のことをマスコミにバラすぞって……
瀬田・竹村・深町　……。
遠藤　僕が悪いんです。僕が責任を取ります。すみませんでした！
瀬田　いや、遠藤だけの問題ではおさまらないだろう。
遠藤　えっ。
瀬田　その男がマスコミにリークしたら、苦情処理係、全体の問題になる。
遠藤　隊長！　僕の責任です！　僕の間違いなんです！
瀬田　遠藤のミスは私のミスだ。もういい加減、隊長と呼ぶのはやめろ。自分がまだパイロットを続けているような気持ちになる。
遠藤　えっ。
瀬田　マスコミにバレる前に、本部に報告する。

竹村　えっ。瀬田さん。本部は、間違いなく、苦情処理係の廃止を決定しますよ。
瀬田　だろうな。
竹村　それでいいんですか⁉
瀬田　竹村の望み通りになるな。
竹村　ちょっと待って下さい。男は園田由美とつきあっているんですよ。ということは、リークしたら園田由美が手にした金額を返す必要が出てくるんです。本当にマスコミにリークするかどうか、分かりませんよ。
瀬田　不正が行われたんだ。黙っているわけにはいかんよ。
竹村　瀬田さん！
瀬田　竹村。お前の言うように、俺はムダなことをしていたようだ。ここまでだ。……もう疲れた。みんな、今までありがとう。
竹村　瀬田さん。本当にムダだと思ってるんですか？
瀬田　もう疲れたよ。
竹村　あんた、全然、分かってない！

竹村、電話の通話メモリーを操作し、電話をかける。
まゆが出てくる。

まゆ　はい。

竹村　地球防衛軍苦情処理係の竹村と言います。切らないで！

まゆ、ビクッとする。

竹村　私は地球防衛軍の航空隊のミサイルで妻を失いました。あなたのように、両親を一度に亡くした人と比べられないかもしれないけど、私は未だにパイロットを許していない。あなたのように憎んでいる。

瀬田、誰に電話しているか分かって、ハッとする。

瀬田　まさか、まゆちゃんと……

竹村　苦情処理係に勤めるようになって、航空隊のパイロットのマニュアルを見つけたんです。戦闘中に、誤って民間人を殺してしまった場合、個人的に会うことも、個人的に謝罪することも禁止されていました。組織として戦ったことだから、組織として謝罪する。個人が反省し、謝罪することは、すべてのパイロットの戦いの士気に影響する。……冗談じゃない！　あの時、妻が殺された時、私は、組織の謝罪文とか賠償が欲しかったんじゃない。私は、ただ、ミサイルを撃ったパイロットに一緒に泣いて欲しかった。パイロットに、妻のことを思って、妻のために、妻が死んだ場所で一緒に泣いて欲しかった、それだけだった。瀬田さん、2年前、あなたは泣いたのか？　両親を失った少女の前で泣いたのか？　少女と一緒にあなたは泣いたのか？

瀬田　……私はマニュアルに厳格に従った。私が泣くと、部下達の士気が鈍り、次の攻撃から、ミサイルを撃つ手が震えると思った。

竹村　（まゆに）聞こえた？　まゆちゃん、聞こえた？

まゆ　……聞こえない！

まゆ、走り去る。

竹村　毎日、電話してくるんでしょう。憎しみだけじゃできませんよ。きっと、何かを瀬田さんに求めてるんですよ。そんな気がします。

瀬田　……。

職員が一人、飛び込んでくる。

職員　すみません！　苦情処理係の電話が全部、自動音声になっているっていう苦情です！　本部に電話が殺到してます！

瀬田　分かった。
職員　至急、対応、お願いします！
　　職員、去る。
　　瀬田、解除しようとする。
　　竹村、その手を止める。
竹村　もうしばらく、待ちませんか。
瀬田　えっ？
竹村　苦情処理係がないと、どんなに大変か、分からせましょうよ。そしたら、簡単に廃止なんて言えなくなるでしょう。遠藤、美味しいコーヒーでも、飲まないか？
遠藤　えっ。
竹村　美味しいコーヒーでも、飲まないか？
遠藤　はい。分かりました。お湯、沸かします。
　　遠藤、去る。
竹村　遠藤の問題は、みんなで考えませんか。急ぐことはないと思うんです。

瀬田　竹村……。
竹村　（深町に）日菜子ちゃんの具合はどうなんだ？
深町　一日、安静にしていれば大丈夫だろうって。驚異的な体力だって、救急センターのお医者さんが言ってました。
竹村　そうか。俺達の命令を無視して、デートしてたのかな？
深町　いえ、そんな……。

瀬田の携帯が鳴る。

瀬田　（表示を見て）はい。瀬田です。……え!?　そんな……榎戸指令！　それは間違いです！　……分かりました。（電話、切る）

遠藤、瀬田の声に驚いて顔を出す。

竹村　……なんです？
瀬田　ハイパーマンが敵性怪獣に認定された。
三人　え!?
遠藤　人間の敵ですか……。

瀬田　そうだ。今日の戦いを見て、世論の反応を元に決めたそうだ。
深町　そんな……
遠藤　渋谷をボロボロにしたのがいけなかったんだ。
深町　瀬田さん！　その決定は間違ってます！　ハイパーマンは人間の敵ではありません！
瀬田　我々は、本部の決定に従うだけだ。
深町　間違った決定に従うんですか⁉　それでいいんですか⁉
瀬田　……。
遠藤　深町、しょうがないだろ。
深町　ハイパーマンは人間の敵じゃないんだ！
遠藤　どうしたんだ、深町！
深町　……。
竹村　……とりあえず、これでハイパーマンに関する苦情は無くなるな。
深町　えっ？
竹村　味方だと思うから苦情を言うんだ。敵になれば、攻撃するだけだ。
深町　……そんな。

暗転。

25　深町のマンション

電話の音。
明かりつく。
深町、表示を見て驚く。
日菜子が別空間に出てくる。

深町　もしもし
日菜子　もしもし。
深町　日菜子ちゃん。大丈夫なの？
日菜子　うん。もう、退院した。深町さんこそ、大丈夫？
深町　えっ？
日菜子　ハイパーマン、敵になったんだね。病院で聞いた。
深町　……。
日菜子　ごめんなさい。私のせいだよね。あんな戦い方したから。……私のこと、怒ってる？
深町　怒ってる。

日菜子　嫌いになった？
深町　……。
日菜子　……会いたい。
深町　今、どこ？
日菜子　深町さんのマンションの前。
深町　え⁉

チャイムの音。
日菜子が入ってくる。

日菜子　ごめんなさい。でも、これで、心置きなく、地球人と戦えるでしょう。敵になったんだから。
深町　……僕は地球人の敵じゃない。
日菜子　どうして⁉　どうして、分かってくれないの⁉　そんなに仕事が大切なの？　ねえ、仕事と私、どっちが大切なの？
深町　そういう言い方は変じゃないか。
日菜子　うん。自分でも言いながら、そう思った。
深町　日菜ちゃん。宇宙は広い。きっと、地球ぐらい住みやすい星があるよ。だからさ、

日菜子　地球から出て行けって言うの？
深町　……。
日菜子　別れるってこと⁉　航《わたる》はそれでいいの？
深町　なんで、急に下の名前で呼ぶの？
日菜子　だって、ずっと名字にさん付けっておかしいでしょ。全然、距離が縮まらないし。だから、変えたの。（急に）私と別れるってことなの⁉　航はそれでいいの⁉
深町　いや、日菜ちゃん。この状況で、つきあうとか別れるって言うの、変じゃないか？
日菜子　どうして？　私達、終りってこと？　一回やって捨てるの？　航も、アートン星のダメな男と一緒なの？
深町　違うよ。そうじゃなくて、

と、呼び出し音と共にデバイスが点滅する。
ハッとする深町。

日菜子　……宇宙平和維持軍からの連絡ね。
深町　うん。
日菜子　出たら。
深町　僕がここにいることを感知して呼んでるんだ。だから、出ないとペナルティになる。

日菜子　大丈夫。私、隠れてるから。
深町　すぐに終らせる。

日菜子、片隅に隠れる。
深町、デバイスを操作する。
ゾーン・チーフの姿が現れる。

ゾーン　どうしてすぐに報告しない。
深町　すみません。
ゾーン　家に戻って、地球時間で2時間はたっているな。
深町　はい。
ゾーン　殺したのか?
深町　……。
ゾーン　殺したのか⁉
深町　いえ。
ゾーン　バカ野郎！　お前は、宇宙平和維持軍の兵士なんだぞ！　命令に背くのか⁉
深町　すみません。
ゾーン　軍規違反は軍事裁判所案件だぞ。懲役刑か宇宙の辺境で強制労働だ。それでもいいのか?

深町　……。

ゾーン　いいか。アートン星人を殺すことは、正義の行動なんだ。宇宙の平和を守ることなんだ。お前は正しいことをするんだぞ！

日菜子、飛び出る。

日菜子　勝手なこと言わないで！

深町　（驚く）あわわっ！

日菜子　そんな正義、聞いたことないぞ！

ゾーン　お、お前は！

日菜子　正義のアートン星人よ！

ゾーン　チルラ！　これはどういうことなんだ⁉

深町　（混乱して）え、あの、それが、

ゾーン　貴様、軍事裁判所で死刑になるぞ！

深町　ゾーン・チーフ！

日菜子　死刑になんかならない！　航は、私と一緒に青い地球を守るの！

深町　日菜ちゃん！　黙ってて！

日菜子　自分のことを堂々と正義だなんて言う奴はね、一番、うさん臭いの！

深町　日菜ちゃんだって、自分達が正義だって言ったじゃないか！
日菜子　言った？　言ったか！　言っちゃったか！　わお！
ゾーン　チルラ。そのバカはどうしてここにいるんだ？
深町　いえ、それが、
日菜子　バカって言う奴が一番、バカなの！
ゾーン　うるさい！　黙れ！
日菜子　黙らないね！　悔しかったら、殴ってみろよ！　ほら！　来いよ！　ほら！

ゾーン・チーフ、興奮して殴る。
が、ホログラムの映像なので、ダメージを与えられない。

ゾーン　（悔しそうに）ホログラム……。
日菜子　（勝ち誇って）ホログラム！
ゾーン　……チルラ。そいつを殴れ。
深町　えっ。
ゾーン　失礼なアートン星人を殴れ。
日菜子　航は殴らないねー！　殴る代わりにキスしてくれるんだぞ！　ね！
深町　日菜ちゃん。落ち着いて！

日菜子　ほら、チューして！
ゾーン　チルラ。次は、好きになる相手を見極めろ。お前には、知的生命体を見抜く目がない。
日菜子　失礼だろ！　変なおやじ！
ゾーン　変なおやじ!?　お前が失礼だ！　さあ、殴れ！
深町　……。
ゾーン　殴れ！　命令だ！
日菜子　チューして、航！
ゾーン　殴れ！
日菜子　チューして！
ゾーン　殴れ！
日菜子　チューして！
ゾーン　殴れ！
日菜子　チューして！
ゾーン　殴れ！
日菜子　チューして！
ゾーン　殴れ！
日菜子　チューして！
ゾーン　殴れ！

深町、突然、

深町　通信を終了します！

ゾーン　ま（て！）

デバイスを切る。

日菜子　チューを選んだのね。チルラ、素敵。

深町　なんてことをしたんだよ！　隠れてるって言ったじゃないか！

日菜子　だって、間違ったこと言ってるから。

深町　ふざけるなよ！　俺はどうなると思ってるんだよ！

日菜子　どうにもならない。私と一緒に暮らすの。お前は敵だって言ってる地球人を追い出して、この星で一緒に暮らすの。問題ないでしょ。

深町　問題、ある。

日菜子　何が⁉　何が問題なの⁉　全然、分からない！　そんなに地球人を守りたいの⁉

深町　守りたい。

日菜子　えっ。

深町　瀬田さんや竹村さん、遠藤を守りたい。
日菜子　三人じゃないの⁉　三人のために、私と戦うの⁉　本気で言ってるの⁉
深町　日菜ちゃんも守りたい。苦情処理係のみんなを守りたい。
日菜子　一時の感情に溺れたらダメ！　夢見る乙女じゃないんだから！　大きな正義の前では、三人なんて、意味ないから！
深町　三人だけじゃない。家族を失って泣いている少女も、住む所がなくて苦しんでいるシングルマザーも守りたい。
日菜子　今さら何言ってるの。ハイパーマンはたくさん殺してるのよ。
深町　！
日菜子　分かってるの⁉　ハイパーマンは、もう何百人、何千人も殺してるのよ。その背中で、お尻で、身体でビルや家を壊して、人間を殺しているのよ！
深町　日菜ちゃん。
日菜子　なんのために⁉　新しい世界を創るためよ！　自分が正しいと信じる新しい世界を創るために、歯を食いしばって、心を鬼にして、戦い続けるの！　みんなが幸せになるために！
深町　……日菜ちゃん。君は強いね。
日菜子　えっ？
深町　僕はもう自分の正義を信じられない。
日菜子　航。

深町　そうだ。僕はもうたくさんの地球人を殺している。僕は取り返しのつかないことをした。
日菜子　何言ってるの！
深町　日菜子ちゃん。連絡して、仲間を呼ぶといいよ。
日菜子　え⁉
深町　僕は君とは戦いたくない。僕は君の仲間と戦う。それで終わる。
日菜子　何言ってるの！　どうして正義を信じると思ってるの⁉　愛した人と一緒に生きるためでしょう！　二人で一緒に新しい世界を創るためでしょ！　二人で幸せになるためでしょ！
深町　僕は、もう、君のことが好きかどうか分からない。
日菜子　航。
深町　僕達は、出会わない方がよかったんだ。
日菜子　何言ってるの⁉　冗談よね。冗談でしょう！　こんなに好きなのに。航のことがこんなに大好きなのに。
深町　……出会わなければよかった。
日菜子　ふざけるなー！

その瞬間、光が爆発する。

26　夜の街

アートン星人の叫び声が響く。
アートン星人が現れる。
夜の街を壊し始める。
その横に、同じ舞台、同じ空間で、同じ動きをしている日菜子がいる。
ハイパーマンが現れる。
同時に深町も同じ動きで現れる。
見つめ合う、アートン星人とハイパーマン。そして、日菜子と深町。
音楽が聞こえてくる。
『Close to me』(作詞・作曲　長澤知之)
アートン星人・日菜子、叫びながら、ハイパーマン・深町に体当たりする。
アートン星人・日菜子、同じ動きで、ハイパーマン・深町を殴る。そして、蹴る。
だが、ハイパーマン・深町は反撃しない。
ただ、殴られ、蹴られ、倒されるままになっている。

日菜子　どうして⁉　どうして戦わないの⁉

前回の戦闘とは変わって、アートン星人・日菜子は激しくハイパーマン・深町を攻撃する。アートン星人・日菜子、何発も殴る。それをただ受けるハイパーマン・深町。反撃はしない。アートン星人・日菜子、何回もキック。そのまま、受けるハイパーマン・深町。倒れる。と、通路に遠藤が現れる。

遠藤　どうした、ハイパーマン⁉　なぜ、戦わないんだ⁉

瀬田も現れる。

瀬田　遠藤！
遠藤　瀬田さん。ハイパーマン、戦うつもりないです！　どうしたんでしょうか！　どうした、ハイパーマン！　なぜ、戦わないんだ⁉

反対側の通路に、住民カ・キ・クが登場。

住民キ　ハイパーマン、やられてるじゃん！

住民カ　え⁉　仲間割れってこと⁉
住民ク　どういうこと⁉
遠藤　まさか、ハイパーマン、落ち込んでるんじゃないですかね？
瀬田　落ち込む？
遠藤　人間に敵だって言われて。ヤケクソになってるんじゃないですかね。
瀬田　まさか。
遠藤　いや、俺、昔、部活の顧問から「お前はチームの敵だ」って言われて、ものすごく落ち込みましたからね。きっと、そうですよ。（大声で）がんばれ、ハイパーマン！　世界中が敵でも、俺はお前の味方だぞー！
瀬田　遠藤。よせ。
住民カ　おい。お前ら地球防衛軍だろ！　ハイパーマン、応援してどうするんだよ！
住民キ　（スマホを構えて）ネットにさらすわよ。地球防衛軍が敵を応援してたって。
遠藤　ハイパーマン！　がんばれー！　アートン星人に負けるなー！　俺は味方だぞー！　がんばれ、ハイパーマン！
瀬田　遠藤！
住民達　おい！
住民ク　何考えてんだよ⁉

アートン星人・日菜子、ハイパーマン・深町を殴り続ける。

遠藤　がんばれー、ハイパーマン！
住民カ　やめろ！
住民キ　ちょっと！
瀬田　（突然）がんばれー、ハイパーマン！
住民キ　あんたまで何言ってるの！
住民カ　やめないか！
住民ク　なめてんのか！
遠藤・瀬田　がんばれー、ハイパーマン！
住民達　やめろ！（口々に）

と、竹村が拡声器で叫びながら登場。

竹村　がんばれー、ハイパーマン！
遠藤　竹村さん！
竹村　良かれと思ってやっているのにボロクソに言われる。ハイパーマンは我々そのものだ。ハイパーマンは、ヒーローの苦情処理係である。がんばれー、ハイパーマン！

三人　がんばれー、ハイパーマン！
住民達　ふざけるな！

瀬田達三人は、「がんばれー、ハイパーマン！」と叫び続ける。

住民達は、怒って叫ぶ。

殴られて倒れたハイパーマン・深町に、馬乗りになるアートン星人・日菜子。

アートン星人　（叫び声）
日菜子　航！

馬乗りのまま、殴り始めるアートン星人・日菜子。

瀬田達と住民達、その姿に圧倒されて言葉を失う。

馬乗りになって、ハイパーマン・深町の顔を殴り続けるアートン星人・日菜子。

やがて、ハイパーマン・深町を引き上げて、立たせる。

すると、ハイパーマン・深町、アートン星人・日菜子の手を取って、自分の首にもってくる。

首を絞めろと言っているのだ。

日菜子　どうして⁉

深町　これでいいんだ。

ゆっくりとハイパーマン・深町の首を絞めていくアートン星人・日菜子。
光が深町と日菜子だけに集中していく。

日菜子　航。一緒に死のう……。

深町、その手を握り、

深町　ダメだ。
日菜子　えっ？
深町　日菜ちゃんは死んじゃ、ダメだ。
日菜子　航も死んじゃダメなの！

力をこめる日菜子。

深町　……じゃあ、一緒に、星を探しに行こうか。
日菜子　えっ？

深町　二人とも死ぬよりいいかな……。
日菜子　二人で逃げるの？
深町　ああ。駆け落ちだね。落ち着いたら仲間を呼ぼう。
日菜子　どこの星でも、誰かを殺さないといけない。
深町　怪獣に滅ぼされた星がたくさんあるってゾーン・チーフが言ってた。
日菜子　兵士をやめていいの？
深町　駆け落ちの方がずっといい。
日菜子　航……。

二人、見つめ合い、やがて、抱き合う。
明かりがゆっくりと落ちていく。
暗転。

遠藤（声）　どうした⁉　ハイパーマン！　何があったんだ⁉　どうしたんだ⁉　どこに行ったんだ！
ハイパーマン！　ハイパーマン！

27　苦情処理係ルーム

明かりつく。
ぼんやりとパソコンの画面を見ている遠藤。
竹村は苦情電話を受けている。

竹村　はい。分かりました。防衛軍本部にちゃんと伝えておきます。はい。作戦の基本が分かってないんですね。はい。航空自衛隊出身の方からのアドバイスと伝えます。どうもありがとうございました。

電話を切る竹村。

竹村　ふう。やっと終わった。
遠藤　お疲れさまでした。

瀬田が入ってくる。

遠藤　瀬田さん！
竹村　どうでした？
瀬田　遠藤。……二週間の出勤停止と減給処分だ。
竹村　それだけですか？
瀬田　苦情電話の殺到で、仕事が止まったのがかなり堪《こた》えたらしい。内々で処理するそうだ。男の方は叩いたら埃まみれだったから脅して終りだ。
竹村　（遠藤に）よかったな。
遠藤　ありがとうございます！
瀬田　これでますます、航空隊に行けなくなるぞ。経歴にキズがついた。
遠藤　しばらくは、苦情処理係にお世話になります。
竹村　はやく補充しないとまずいですよ。応募はどうなんですか？
瀬田　全然、ない。
遠藤　深町、どこ行ったんでしょうねえ。
竹村　何の連絡もないんですよね。
瀬田　ああ。松永君も一緒なのかなあ。
遠藤　冗談じゃないですよ。偶然ですよ、偶然。
竹村　偶然、二人同時にいなくなったのか？

遠藤　だから、偶然なんですよ。日菜子ちゃんは、炎上がショックだったんですよ。すごく怒ってたから。
竹村　……深町は残ると思ったんですが。正義感も強かったでしょう。
瀬田　そうだなあ。正義より大切なものを見つけたのかなあ。
遠藤　正義より大切なもの……。

間

遠藤　戻ってきて欲しいなあ。
竹村　それは深町か？　日菜子ちゃんか？
遠藤　二人ともですよ。
瀬田・竹村　(笑う)
瀬田　遠藤、出勤停止は明日からだ。それでな、私も監督責任で出勤停止二週間だ。
遠藤・竹村　えっ。
瀬田　ということで、竹村。明日から、二週間、お前一人だ。よろしく。
竹村　えー!?

と、電話が鳴り始める。

続けて、3台。
お互いを見交わした三人、同時に電話を取る。

三人　はい。地球防衛軍、苦情処理係です。

暗転。

終り。

あとがきにかえて

『ローリング・ソング』は、音楽劇として音楽監修と作詞を森雪之丞さん、作曲を河野丈洋さんにお願いしました。

河野さんは、「ゴーイング・アンダー・グラウンド」というバンドで作詞・作曲とドラムを担当していました。

ひょんなことから僕と知り合い、『ベター・ハーフ』の時から、劇中の音楽（「劇伴」と呼んだりします。BGM、つまりバックグラウンドミュージック）をお願いしています。

ロックな曲はとてもロックに、美しい曲はとても美しく創ってくれるので、とても僕は満足しています。

今回は、音楽劇として、劇伴だけではなく、6曲の作曲をお願いしました。今回、台本を出版するにあたり、楽譜を載せようかどうしようか迷ったのですが（結構な量になるので、ページ数が大幅に増えて、さらに本の値段が上がるため）、ＤＶＤがサードステージから発売されているので、そっちで河野さんの楽曲を楽しんでもらえたらと考えました（サードステージのＨＰから通販で買えます）。

また、楽譜を載せても、それを見ながら「ふんふん。なるほど。こういう展開かあ」なんて楽しめる人は、そんなにいないだろうとも考えました。

楽譜が欲しい人は、上演を考えている人だろうと思います。

以前、僕は『シンデレラ・ストーリー』というミュージカルを書いたのですが、（そして、その台本は出版されているのですが）、楽曲に関しては、上演する人達がそれぞれに作曲している場合がほとんどのようです。

『ローリング・ソング』を上演しようとする人は、どれぐらいいるのだろうかと考えます。

20代、40代、60代で歌える俳優さんを集めるというのは、かなりハードルが高いのではないかと思います。

なので、もし、上演を考えている人がいたら、とりあえず、サードステージに問い合わせるか、または、独自に作曲してみて下さい。

ただし、森雪之丞さんの作詞、河野丈洋さんの楽曲を使う場合は、脚本の上演料の他に、作詞・作曲の使用料も発生します。

著作権印税というやつです。これはとても大切なことです。はい。

『ローリング・ソング』は、20代の中山優馬さん、40代の松岡充さん、60代の中村雅俊さんの三人主役として考えました。

松岡さんとは、『リンダ リンダ』（再演）から6年ぶり、雅俊さんとは『僕たちの好きだった革命』（再演）からなんと9年ぶりの再会でした。

この三人に、劇団四季出身の久野綾希子さんが加わり、とても幸福な稽古場でした。

優馬は、必死にくらいついて、がんばってくれました。ギターは初めてだったのですが、劇中のストリートライブのために猛練習をして、弾けるようになりました。

松岡さんは、もともとはロッカーなのに、零細企業の社長に見えるように、作業着姿の地味な中年になってもらいました。そのぶん、ラストのライブの時の変身ぶりは爽快でした。

また、キーボードひとつで歌う『LIAR'S MASK』は、絶品でした。芝居が終わった後、中村雅俊さんのコンサートにおじゃましたのですが、なんと、中村さんは自分のコンサートで、この歌を歌っていました。

しみじみと名曲だなと思いました。森雪之丞さんと河野丈洋の生んだ傑作です。

中村雅俊さんは、『僕たちの好きだった革命』の時と同じで、太陽のように稽古場を明るくしてくれました。

ある時、河野さんから届いた曲を稽古場で流して聞いていたら、不協和音が聞こえます。「ん？　変だぞ、この曲。これを歌うのか？」と思って心配になり、河野さんに確認しようと携帯を出そうとしたら、稽古場の隅でサックスを練習している雅俊さんの姿が目に入りました。曲と一緒に聞こえてきた不協和音は、雅俊さんのサックスの音だったのです。違う曲を一生懸命練習して吹いているのですから、流している曲と合うわけがないのです。

違う曲を流している時は、練習するのをやめてくれませんかと雅俊さんにあきれながら言うと、「いやあ、ごめんごめん」と太陽のようなさわやかな笑顔で返されました。このスマイルに怒れる人間がいるわけないのです。

稽古場で何度も『ああ、青春』を聞けたことは幸福でした。

久野さんは、劇団四季の『キャッツ』『エビータ』『マンマ・ミーア』の初演メンバーです。その頃の話は、とても興味深いものでした。骨折したまま、幕を開け、そのまま、何十ステージも続けた『エビータ』の話は特に壮絶でした。

「アイドリング!!!」出身の森田涼花さんの、京都出身のはんなりとした様子も、稽古場を和ませてくれました。

『地球防衛軍　苦情処理係』は、もともとは、元『第三舞台』のスタッフで、日本テレビのディレクターをしている久保田充氏から、「鴻上さん。『地球防衛軍　苦情処理係』というタイトルで脚本を書いてくれませんか?」と言われたのが始まりでした。

久保田氏は、自分なりのストーリー原案があって、それを元に僕はシナリオを書きました。

久保田氏のストーリーは、遠藤が主役の話でした。深町に当たる人物は登場せず、ハイパーマンも出てきません。日菜子も登場せず、つまりは、深町と日菜子の対立や葛藤もありません。まったくの別物です。

毎回、一話完結エピソードの連続ドラマとして提案したのですが、日本テレビの編成会議では採用されませんでした。

ただ、ずっと『地球防衛軍　苦情処理係』という強烈なタイトルが頭に残っていて、4年たった後、「あのタイトルを貸してくれないか?」と頼んだのです。

久保田氏は「芝居が成功して、映像化になったら、僕に演出させてくれると約束してくれるなら、オッケーです」と快諾してくれました。

実際の芝居の上演を、日本テレビの（僕がシナリオを書いた『戦力外捜査官』の）次屋尚プロデューサーが見に来てくれました。「鴻上さん、なんとか映像化しましょう！」と言ってくれました。

『ローリング・ソング』に引き続いて、中山優馬さんに出演をお願いしました。一回で終わらせるのはもったいないと思ったのです。

遠藤役には、オーディションに参加してくれた原嘉孝さん。稽古場ではいつも、タンクトップ姿で、ダンベルを持ちながら、他人の稽古を見ていました。

同じくオーディションに参加してくれた、日菜子役の駒井蓮さん。慶應義塾大学の1年生ですが、素敵な女優になる予感がします。

映像ではベテランの名優としてよく見る矢柴俊博さんと、3年ぶりの大高洋夫に出演を頼みました。

アンサンブルは6人ですが、一人はハイパーマンに入り、一人はギガガランに入りました。前後の時間に余裕がある時は、6名のアンサンブルで、例えば保育園児を演じ、時間がない時は、4人で住民を演じてもらいました。

この作品も、果たして上演を希望する集団や劇団があるのか？

大人の事情でＤＶＤにできなかったので、イメージが掴みにくいと思います。ハイパーマンは、その名の通り、ウルトラマンにリスペクトして、オリジナルで造形しました。

ギガガランはゴジラタイプですが、怪獣をレンタルしている所があったので借りました。が、練習のしすぎでボロボロになり、結局、自分たちで造りました。

メガバロン、アートン星人は、じつは、円谷プロさんの協力で乗り切りました。

メガバロンは、いじめられた少年・少女達が強張ったような姿でした。

アートン星人は、ヒューマンタイプに近いのですが、大きな一つ目で、全身から針のような突起が出ています。

深町を追って、すぐに、アートン星人の姿に変身し「これが私の本当の姿」と日菜子が言った時、劇場はどよめきました。唖然《あぜん》としたような笑いもおきました。

無理もないと思います。そういう姿です。

というわけで、２０１８年と２０１９年の『ＫＯＫＡＭＩ＠ｎｅｔｗｏｒｋ』の２本の戯曲集になりました。

自分で言いますが、二つとも上演するにはカロリーの高い作品です。
とりあえず、読んで楽しんでもらえれば幸いです。んじゃ。

鴻上尚史

◇上演記録

KOKAMI@network vol.16　ローリング・ソング

【公演日時】

〈東京公演〉２０１８年８月11日（土）〜９月２日（日）
紀伊國屋サザンシアター TAKASHIMAYA

〈福岡公演〉２０１８年９月５日（水）〜９月６日（木）
久留米シティプラザ（ザ・グランドホール）

〈大阪公演〉２０１８年９月14日（金）〜９月16日（日）
サンケイホールブリーゼ

【キャスト】

中山優馬
松岡　充
中村雅俊
森田涼花
久野綾希子
清水隆伍
皆川良美
溝畑　藍
金本大樹

【スタッフ】
作・演出：鴻上尚史

作詞・音楽監修：森雪之丞
美術：松井るみ
音楽：河野丈洋
振付：川崎悦子
照明：中川隆一
衣裳：原まさみ
音響：原田耕児
ヘアメイク：西川直子
映像：冨田中理
歌唱指導：山口正義
演出助手：小林七緒／平戸麻衣
舞台監督：八木　智

演出部：志村明彦　伊藤久美子　木下早紀　山口英峰
照明部：林　美保　大竹真由美　上林悠也
　畠山　聖　石井宏之　西澤　孝
音響部：清水麻理子　甲斐美春
映像操作：神守陽介
衣裳部：齊藤明子　山口典子
ヘアメイク部：門永あかね　山﨑智代
美術助手：平山正太郎
稽古ピアノ：中野裕子
大道具製作：俳優座劇場舞台美術部（大橋哲生）

小道具製作：高津装飾美術（天野雄太）
特殊効果：酸京クラウド（磯田壮一）
楽器：三響社（岸拓央）
衣裳製作：東宝舞台㈱（風戸ますみ、伊藤吏菜、内山友希）
　　安川朝子　戸川和枝
コスメ協力：チャコット
履物：アーティス（萩原惇平）
稽古場：新宿村スタジオ
運搬：マイド

協力：佐藤誠　中道悠貴　浜田えり子
　カンパニー AZA

宣伝美術：永瀬祐一
宣伝カメラマン：西村　淳
宣伝スタイリスト：森川雅代
宣伝ヘアメイク：西川直子　笹川知香（松岡　充）
宣伝：ディップス・プラネット
運営協力：サンライズプロモーション東京
キョードー西日本
サンライズプロモーション大阪
舞台写真：田中亜紀
記録映像：ビスケ（吉田麻子）
制作部：倉田知加子　小田未希　金城史子　池田風見
製作協力：new phase

プロデューサー：三瓶雅史
大阪公演主催：関西テレビ放送・サンライズプロモーション東京
企画・製作：サードステージ

◇上演記録

KOKAMI@network vol.16　地球防衛軍　苦情処理係

〈東京公演〉２０１９年11月2日（土）～11月24日（日）
紀伊國屋サザンシアター TAKASHIMAYA

〈大阪公演〉２０１９年11月29日（金）～12月1日（日）
サンケイホールブリーゼ

【キャスト】

中山優馬
原　嘉孝
駒井　蓮
矢柴俊博
大高洋夫

清水隆伍
渡邉とかげ
浦家賢士
溝畑　藍
藤本稜太
金本大樹

【スタッフ】
作・演出：鴻上尚史
美術：松井るみ
音楽：河野丈洋
振付：川崎悦子
照明：中川隆一
衣裳：原まさみ
音響：原田耕児
ヘアメイク：西川直子
映像：冨田中理
アクション指導：清家利一
演出助手：小林七緒
舞台監督：澁谷壽久

演出部：満安孝一　竹内章子　加瀬貴広　大刀佑介　福田敏信　松島柚子
照明操作：林　美保　齋藤拓人　横田幸子　松本亜未
音響操作：甲斐美春
映像操作：神守陽介
衣裳部：垰田　悠　田原愛美　布澤奈々子
ヘアメイク：山﨑智代　野林　愛

美術助手：平山正太郎
稽古場助手：吉野香枝
大道具製作：俳優座劇場舞台美術部（石元俊二、平井　充）
小道具：高津装飾美術（中村エリト）

特殊小道具：土屋工房（土屋武史）
特殊効果：（株）特効（糸田正志）
衣裳製作：東宝舞台株式会社 衣裳部（風戸ますみ、森口真緒）
　バックステージ　戸川和枝　安間ひろみ
履物：アーティス
稽古場：すみだパークスタジオ
運搬：マイド

協力：円谷プロダクション　糟谷工房　ウェットスーツチコ　小島恵三子

宣伝美術：末吉亮（図工ファイブ）
宣伝写真：坂田智彦＋菊地洋治（TALBOT.）
宣伝衣裳：原まさみ
宣伝ヘアメイク：西川直子／野林　愛
宣伝：る・ひまわり
舞台写真：田中亜紀

運営協力：サンライズプロモーション東京　サンライズプロモーション大阪
制作部：倉田知加子　金城史子　池田風見　山川美奈子
製作協力：new phase
プロデューサー：三瓶雅史

大阪公演主催：関西テレビ放送　サンライズプロモーション東京

企画・製作：サードステージ

鴻上尚史（こうかみ しょうじ）

作家・演出家。1958年愛媛県生まれ。

1981年に劇団「第三舞台」を結成。以降、作・演出を手がけ『朝日のような夕日をつれて』『ハッシャ・バイ』『天使は瞳を閉じて』『トランス』などの作品群を発表する。2011年に第三舞台封印解除＆解散公演『深呼吸する惑星』を上演し、現在は、プロデュースユニット「KOKAMI@network」と、2008年に若手俳優を集め旗揚げした「虚構の劇団」を中心に活動。これまで紀伊國屋演劇賞、岸田國士戯曲賞、読売文学賞など受賞。舞台公演のほかには、エッセイスト、小説家、テレビ番組司会、ラジオ・パーソナリティ、映画監督など幅広く活動。また、俳優育成のためのワークショップや講義も精力的に行うほか、表現、演技、演出などに関する書籍を多数発表している。最近作（演劇）は、『ベター・ハーフ』、KOKAMI@network vol.17『地球防衛軍苦情処理係』、近著には『鴻上尚史のもっとほがらか人生相談～息苦しい「世間」を楽に生きる処方箋』（朝日新聞出版）、『ドン・キホーテ走る』（論創社）、『不死身の特攻兵～軍神はなぜ上官に反抗したか～』（講談社新書）など。桐朋学園芸術短期大学特別招聘教授。

◉上演に関するお問い合わせ

サードステージ
〒169-0075
東京都新宿区高田馬場3-1-5
サンパティオ高田馬場102
電話 03-5937-4252
http://www.thirdstage.com

◉劇中曲一覧

ローリング・ソング

「恋をしたの、私。」（作詞：森雪之丞　作曲：河野丈洋）

「夢と才能」（作詞：森雪之丞　作曲：河野丈洋）

「夢見る人でいて」（作詞：森雪之丞　作曲：河野丈洋）

「あゝ青春」（作詞：松本隆　作曲：吉田拓郎）

「歪む街」（作詞：森雪之丞　作曲：河野丈洋）

「同志よ、風に向かえ！」（作詞：森雪之丞　作曲：河野丈洋）

「LIAR'S MASK」（作詞：森雪之丞　作曲：河野丈洋）

JASRAC 出 2004164-001

ローリング・ソング／地球防衛軍　苦情処理係

2020年 5 月30日　初版第 1 刷印刷

2020年 6 月10日　初版第 1 刷発行

著　者　鴻上尚史

発行者　森下紀夫

発行所　論 創 社

東京都千代田区神田神保町 2-23　北井ビル

電話 03（3264）5254　振替口座 00160-1-155266

装丁　図工ファイブ

組版　フレックスアート

印刷・製本　中央精版印刷

ISBN978-4-8460-1945-7　